大家小书

唐宋词启蒙

李霁野 著

北京出版集团公司
北京出版社

图书在版编目（CIP）数据

唐宋词启蒙 / 李霁野著 . — 北京 ：北京出版社，
2016. 7（2024.5 重印）
（大家小书）
ISBN 978-7-200-11994-7

Ⅰ. ①唐… Ⅱ. ①李… Ⅲ. ①唐宋词—诗歌欣赏
Ⅳ. ①I207. 23

中国版本图书馆CIP数据核字（2016）第064896号

总策划：安　东　高立志　　责任编辑：陶宇辰　张　娟

· 大家小书 ·

唐宋词启蒙

TANG-SONG CI QIMENG

李霁野　著

*

北京出版集团公司
北京出版社　出版

（北京北三环中路6号　邮政编码：100120）

网　址：www.bph.com.cn

北京出版集团公司总发行

新华书店经销

北京华联印刷有限公司印刷

*

880毫米×1230毫米　32开本　11印张　180千字

2016年7月第1版　2024年5月第5次印刷

ISBN 978-7-200-11994-7

定价：38.00元

质量监督电话：010-58572393

序　言

袁行霈

“大家小书”，是一个很俏皮的名称。此所谓“大家”，包括两方面的含义：一、书的作者是大家；二、书是写给大家看的，是大家的读物。所谓“小书”者，只是就其篇幅而言，篇幅显得小一些罢了。若论学术性则不但不轻，有些倒是相当重。其实，篇幅大小也是相对的，一部书十万字，在今天的印刷条件下，似乎算小书，若在老子、孔子的时代，又何尝就小呢？

编辑这套丛书，有一个用意就是节省读者的时间，让读者在较短的时间内获得较多的知识。在信息爆炸的时代，人们要学的东西太多了。补习，遂成为经常的需要。如果不善于补习，东抓一把，西抓一把，今天补这，明天补那，效果未必很好。如果把读书当成吃补药，还会失去读书时应有的那份从容和快乐。这套丛书每本的篇幅都小，读者即使细细地阅读慢慢地体味，也花不了多少时间，可以充分享受读书的乐趣。如果把它们当成补药来吃也行，剂量小，吃起来方便，消化起来也容易。

我们还有一个用意，就是想做一点文化积累的工作。把那些经过时间考验的、读者认同的著作，搜集到一起印刷出版，使之不至于泯没。有些书曾经畅销一时，但现在已经不容易得到；有些书当时或许没有引起很多人注意，但时间证明它们价值不菲。这两类书都需要挖掘出来，让它们重现光芒。科技类的图书偏重实用，一过时就不会有太多读者了，除了研究科技史的人还要用到之外。人文科学则不然，有许多书是常读常新的。然而，这套丛书也不都是旧书的重版，我们也想请一些著名的学者新写一些学术性和普及性兼备的小书，以满足读者日益增长的需求。

“大家小书”的开本不大，读者可以揣进衣兜里，随时随地掏出来读上几页。在路边等人的时候，在排队买戏票的时候，在车上、在公园里，都可以读。这样的读者多了，会为社会增添一些文化的色彩和学习的气氛，岂不是一件好事吗？

“大家小书”出版在即，出版社同志命我撰序说明原委。既然这套丛书标示书之小，序言当然也应以短小为宜。该说的都说了，就此搁笔吧。

亲切的启蒙

《唐人绝句启蒙》一书初稿成于1989年5月12日之前，大约1990年元旦之前完成修改，1990年12月由开明出版社出版。《唐宋词启蒙》成稿大概在1991年6月，1993年9月由开明出版社出版。第二本书的完稿到出版中间隔了两年多的时间，首印数也比第一本书少了6000册，其中消息颇堪玩味。这两本书的编著者李霁野先生是新文学名家，更是知名的翻译家。他之广为人知一是他以译事受知于鲁迅先生，入未名社，由此追随鲁迅先生并终生受其影响；二是他是《简·爱》最早的译者之一，还译过乔治·吉辛那部有名的《四季随笔》。

“五四”那一代的作家学者多是博洽古今、淹贯中外的通才，更不必说，在他们的知识体系中，包括古典诗词修养在内的“旧学”本来就是童子功。在《唐人绝句启蒙》的“开场白”中，李霁野先生这样写道：

抗日战争爆发第二年，我到北平辅仁大学教书，住在白米斜街，课后十五分钟可以到家，要喝两杯茶，休息二十分钟后吃午饭。我想忙里偷闲，读点中国古典诗词最合适，便找书放在案头，一边喝茶，一边翻阅几首，觉得是一种很好的享受。

其实，早在这两本书问世四十多年前，正值人生盛年的李霁野就已经有过编选唐宋诗词娱妻课子的尝试。这一点，在“开场白”的一段文字中交待得很清楚：

稍后到白沙女子师范学院教书，国立北京图书馆已迁往附近。我在那里借到了《全唐诗》，又从别处借到《全宋词》……便用一向只浏览的习惯，看到喜爱的诗词，随时抄录下来。你们的祖母已到我的故乡，随时准备携二子入川，我想用这些诗词首先娱妻；其次选些较为浅显的诗课子，使他们也得到点我童年所感到的喜悦。

陈漱渝先生在《鲁门弟子李霁野》一文中说：“李霁野先生是诗人，写过语体诗，也写过格律诗——仅旧体诗就多达600多首。”1948年，李霁野曾整理所写旧体诗，集为《乡愁集》。1961年，集新中国成立后所写旧体诗为《国瑞集》。

1985年，又将二者合而集之，更名为《乡愁与国瑞》问世。他在写格律诗的同时，还尝试着用五七言绝句翻译了菲兹杰拉德用英语转译的《鲁拜集》。可见他始终保持了对旧体诗词写作的兴趣。

他的旧体诗词写作能达到怎样的水准，可以举他比较得意的一首诗为例：

曾记温泉晚渡头，
斜阳帆影恋碧流。
今朝白鹤腾空去，
不负此番万里游。

诗风平易自然，眼前景，心中意，信手拈来，不事雕琢，这与他的文风也完全是一致的。

李霁野先生以八十多的高龄，为自己的孙儿辈，编选这两个选本，从一个方面可以看出他对诗歌陶冶性灵、澡雪精神的作用的重视。他引用英国诗人丁尼生的诗句说“我知道天下没有比好诗更灵巧的教师”，他认为“好诗能启发我们发觉生活中的真善美，纯化我们的心灵”，他的选诗、讲诗的实践承续的正是从孔子开始的中国“诗教”的传统。另一方面，从相关材料可以得知，李霁野先生对从这三个孩子身上体现出的当代学校教育的弊端深有体察，极为愤怒。吴云《缅怀李霁野先生》一文中写道：

> 八十岁以后，有件事很让李先生恼火：孙子和孙女在两所重点中学读书，这两所学校留的作业较多，他们每晚都要十点或十一点才能完成作业。我那时每次去看李先生，谈话重点总是这件事。他让我到市教育局上告这两所学校，说他们办的是“摧残孩子的教育”。他还曾一人拄着手杖，到其中一所学校找校长，大骂他办的学校是“杀人教育”。

《唐宋词启蒙》中，讲解贺铸的词《石州引·薄雨初寒》“芭蕉不展丁香结”一句时，突然插入了这样一段：

> 你们为啥有点愁眉不展呀？这个愁眉不展，你们容易懂，因为学校作业太难太多，考试看不清意思，答不上来，你们都会愁眉不展。

对拘束在“塞与考两重夹板中间”、深陷当代教育深井之中的孙儿们的窘境，老人有多么深切的感受与同情！他的重拾中国家塾传统，重拾自己四十多年前曾操的旧业，这应该也是一个很大的诱因。

两个选本都名为“启蒙”，一方面从字面上表明它们只是入门的初级读物，只能供初学者“囫囵吞枣”后“略尝点枣味”；另一方面也是李先生预留后路式的自谦。对自己的孙儿辈，他老实坦率地说：“我没有深入的学力”“我对词并无专门的研究，鉴赏的能力也不高。”但读者不可对他的夫子自道信以为真。这里面有三分的真实；但专门家的、学究式的“别裁伪体”、“考镜源流”以及钩深抉隐、旁征博引本也不是他的志趣所在。他希望的是他的孙儿辈，包括他的读者借由他这两个选本的导引，通过一点启蒙的常识，由浅入深，一步一步接近中国诗歌的美善之境。他的目标是通过诗歌之美指向人生之美，指向充实健康的身心平衡，“要有知识和勇气，抓紧时机，使生活向高、深、广处发展”，或者，就像他喜欢的英国诗人兰多（Savage Landor）的诗句所写：

Nature I loved，and next to Nature，art

I warm'd both hands before the fire of life

It sinks,and I am ready to depart.

我爱自然，其次我爱艺术

我在生命的火前温暖我的双手

一旦生命的火消沉，我愿悄然长逝。

唯有生命的火光可以照亮诗歌之美，亲切的人生经验是我们通往诗歌殿堂的门票。这就是李霁野的“诗教”，是他从四十年代开始在重庆白沙女子师范学院为学生做演讲写作《给少男少女》直到这个时期为孙儿选诗解诗一以贯之的诗学ABC或骊龙之珠，其中最为要紧的两个关键词就是“经验”“亲切”：

读书必须是自己的有机的一部分，必须和自己的生活经验熔为一炉。若是书和生活经验发生了亲切的关系，书便有了味道，变为自己的朋友一样了……书将人的生活方式和态度根本改变，是常有的例子。反之，实生活的经验越丰富，读书的欣赏和理解力也就越深广，也就越能领略书中的真味。所以读书与生活是相辅相成的，必须两者并进，才可以达到佳境。光读书而无生活，只尝得到间接的经验，和吃嚼过的饭差不多。光生活而不读书，却势必空虚、狭小。（《给少男少女·读书与生活》）

说的是读书，与读诗正是一个道理。实际上，后文举例时，分别提到韩愈《山石》“黄昏到寺蝙蝠飞”，辛弃疾《清平乐·独宿博山王氏庵》“绕床饥鼠，蝙蝠翻灯舞”，以及张继《枫桥夜泊》“夜半钟声到客船”，恰恰都是诗词的例子，而四十多年后，同一段话在《唐人绝句启蒙》中解析张继诗时几乎完全重复了一遍。

将亲切的经验作为入诗的津梁、解诗的钥匙，这样的例子，在《唐人绝句启蒙》和《唐宋词启蒙》中俯拾皆是：

有点小小的经验使我对这首诗感到特别亲切。前几年我游长沙，在橘子洲头看到一叶扁舟在湘水里缓驶，一直看着它在碧空消失，我便低吟李白这首诗，看着准备送别的朋友。（《唐人绝句启蒙》析李白《黄鹤楼送孟浩然之广陵》）

抗战胜利后回乡时，坐长途汽车顺嘉陵江岸颠簸前进，旅客们都怕翻车落到江里，我却“笑看嘉陵波溅珠”。我时时想旧地重游，但总未能实现。我读这首诗特别觉得亲切，同这点经验很有关系。（《唐人绝句启蒙》析元稹《嘉陵江》）

诗人所写的诗，若与自己的经验有吻合之处，就会觉得格外亲切。抗日战争后期，我在四川白沙住了两年，常常遇到巴山夜雨的情况，奶奶住在安徽故乡常来信问我归期，我就把这首诗抄寄给她看，因为这首诗仿佛是替我写的。（《唐人绝句启蒙》析李商隐《夜雨寄北》）

我游过灞陵旧址，还折柳送赠想象中的友人，所以读这首词觉得特别亲切。（《唐宋词启蒙》析李白《忆秦娥》）

酸风射眸子的滋味，没有经验过是写不出的。我确知这个细节写得十分真实，增加了亲切感。（《唐宋词启蒙》析周邦彦《夜游宫》）

我读这首词特别觉得亲切，因为引起一些童年的愉快回忆。（《唐宋词启蒙》析辛弃疾《青玉案·元夕》）

亲切的经验对于赏读诗歌既是如此重要，而对于人生尚未打开、阅历还是空白的孙儿辈，经验不足却正是他们先天不足的短板。所以李霁野先生始终在鼓励他们“多接近大自然，培养多方面的乐趣”，学着“观察、体会、捕捉、描绘”生活中随处都有的美。他甚至时常直接向孙儿们发出建议，身体力行，在日常生活中再现诗的情景与意趣。如在讲元稹《东城桂》一诗时，这样说道：“不知你们可有过诗人的妙想，问问嫦娥要不要在月宫中再种两株桂树？……你们可以写一封信给嫦娥，请她答复诗人提出的问题。她既服过仙药，我想她一定还健在。”在解析杜牧《盆池》中又说：“我家后园虽小，你们也可以仿他的办法掘一个盆池，把明月白云收进盆里。若在池里养几尾金鱼，种几株芙蓉，那就更锦上添花了。”这样的讲诗，不再是干巴枯涩的文字铺排，而是将生活与诗打成一片，生气灌注，现场感十足。有这样一位热爱生活、富于童心童趣、风趣随和的爷爷，用这样一种别开生面、亲切平易的方式，导引自己进入“自然”与“艺术”的高广深远之境，那三位孩童——正辉、正虹与正霞，该有多么幸运。

在李霁野的诗歌家塾中，生活的经验与诗歌的美感就这样共生在一起。一方面，“生活不仅是文艺创作的源泉，也是艺术欣赏的源泉”；另一方面，诗歌提纯美化了生活，把自然的一花一草、一丘一壑，个人的一悲一喜、一颦一笑包容到人类共通的美感经验之中，点石成金，化腐朽为神奇。

应该说明的是，李霁野先生欣赏诗歌的“亲切的经验”都得自个人真实鲜活的生活经历，在明确的时间、地点发生，与特定的人物对象相关联，具有饱满丰盈的细节。有的学者在赏读诗词时，也会给生活经验留出一席用武之地。如沈祖棻先生在《唐人七绝诗浅释》中评析李商隐《夜雨寄北》有这样一段：“生活经验告诉我们，凡是已经摆脱了使自己感到寂寞、苦恼或抑郁的环境以及由之产生的这些心情之后，时过境迁，回忆起来，往往既是悲哀又是愉快的，或者说，是一种掺和着悲哀的愉快。”分析得很细腻深入，但因为缺少与个体经验有温度的勾连，仍不免抽象肤廓，不如李先生回忆夫人来信的亲切可感。在赏析辛弃疾的《青玉案·元夕》一词时，李先生一共用了不过1000字，其中有700多字都是有关“童年愉快的回忆”，讲词本身的不过200多字而已。那一段童年回忆有场景、有细节，其实就是一篇有关皖北小城元宵灯市的优美散文，其中描写了“不仅不舞，也不动，只偶然晃一晃头，仿佛刚刚醒来一样”的“懒龙”，甚至还提到“看到了以后同台静农爷爷结成恩爱幸福夫妇的于姐”这样让人读来兴味盎然的小插曲。从来讲这首词，多少名家，能讲得如此亲切有味，让人真有身历其境之感的，大概也只有李霁野先生了。

读者阅读李霁野先生这两本“启蒙”，如果能够懂得以个人的经验观照文学，同时以文学的美感升华人生，让文学与人生在亲切之中互为镜像、互相生发，他以后无论品鉴文学还是阅历人生都会有别样的眼光与发现。

李霁野先生的选诗解诗，如他自己所说，只是一种“素人的消遣”。所谓素人，大概意思接近于约翰逊博士所说“未受文学偏见污损的普通读者”。他有他专门家不及的过人之处，自然，也会有素人之所短。譬如，不是那么讲究版本，有些地方可能是依靠记忆导致舛误，如李商隐诗《瑶池》“八骏日行八万里”应该是“三万里”，李群玉《引水行》“十里暗流水不断”应该作“声不断”等；有些词意解释不够准确，如将“危栏”“危堞”之“危”解释成“危险”；其中，还偶有一些史实性错误，如将陆凯折梅寄范晔的陆凯误成“吴陆凯”，大概是把人物属地与人名误连在一起了（考虑到本书的普及性质，对此类明显的错误和版本之讹均直接予以修改）。在分析潘阆《酒泉子》时认为“弄潮儿向涛头立，手把红旗旗不湿”这两句是“概括周密在《武林旧事·观潮》中的记载”，这样的说法，以后事证前事，起码是不够严谨。读者于这些地方，也可不必吹毛求疵，刺刺不休，存而学其长，知而略其短可也。

韩敬群

2015年11月22日

目　录

宋词

辛弃疾

开场白

正辉、正虹、正霞*：

在《唐人绝句启蒙·开场白》中，我对你们说过，在抗日战争期间，为娱妻课子，我曾抄录过一些唐诗宋词，以后没有用上，抄本也在“文革”中丢失了。年老离休以后，我又浏览中国古典诗词，有些似乎是老友重逢，便起了为你们选讲一些的念头，选出一本《唐人绝句启蒙》，开明出版社印行了，居然还有不少青少年读者购读，感到很欣慰，就着手选《唐宋词启蒙》。先同样简单讲一讲。

我对词并无专门的研究，鉴赏的能力也不高，选的未必精当，你们可就喜者熟读，不喜者就作为过眼云烟放过去吧。我绝对不用考试的办法，使你们死记硬背，因为读书应当是一种轻松愉快的享受，读诗词尤其应当如此。

---

* 正辉、正虹、正霞是作者的孙儿女。——编者注

词是诗的另外一种文体，内容也很有不同之处。诗在传统的教育中，早就占有一定的地位，词是否为青少年的适宜读物，看法也不尽一致。因为词的抒情成分多；所抒写的又多为爱情，不免有些冶艳作品，格调是不高的，当然可以不读这些。

词是音乐性很强的，广泛传播要靠歌唱，而歌唱的主角是歌伎。她们是能歌善舞、文化修养较高的人，多为词人抒写爱情的对象。这就需要为你们解释一下了。

在封建王朝统治下，妇女是没有社会地位的，根本谈不上什么平等，以歌舞为生的歌伎，主要只供有权有势有钱的人享乐。但她们也是有感情的人，同词人相知相爱，也是很自然的事。从这种有时代局限的源泉产生的艺术性很高的作品，当然还可以阅读。

何况文学总脱不开时代的影响，词的题材逐渐扩大，不仅涉及人生的闲情雅趣，也触到国计民生，产生了不少很好的作品。经过唐、五代的发展，到了两宋，词的创作达到了空前的繁荣。许多词人表现了不同风格，形成了不同流派，更显出词的丰富多彩。许多年来词被人欣赏传诵，是很自然的。时代不同了，词产生发展的背景变易了，时光老人是最可靠的批评鉴赏家，经过淘汰，金和沙比较容易识别了。若是你们读这本小书，发现金多，请你们感谢时光老人和词的作者；若是发现沙多，就请原谅我浪费了你们的黄金时光。

1991年6月12日

唐五代词

敦煌曲子词

菩萨蛮

枕前发尽千般愿，要休且待青山烂。水面上秤锤浮，直待黄河彻底枯。　　白日参辰现，北斗回南面。休即未能休，且待三更见日头。

休，罢休，断绝恩爱。秤锤，即秤砣。参辰，即参商，二星永远不能同时出现。北斗七星，俗名勺子星，在天空西北方，不会转到南面。三更见日头也绝无可能。总之，要断绝恩爱，必须所说的不可能的事情出现才行。汉乐府有一首《上邪》："上邪（天哪）！我欲与君相知，长命无绝衰。山无陵，江水为竭，冬雷震震，夏雨雪，天地合，乃敢与君绝！"其情调与此词相似。"直待”“且待”都是衬字。

望江南

天上月，遥望似一团银。夜久更阑风渐紧，为奴吹散月边云，照见负心人。

天上月圆，望月引起感慨。夜久更阑是夜已经深了，因风又引起了幻想：希望风吹散蔽月的浮云，让月照到负心人，唤醒他的良心。“似”是衬字。

抛球乐

珠泪纷纷湿绮罗，少年公子负恩多。当初姊妹分明道：莫把真心过与他。子细思量着，淡薄知闻解好么？

绮，精细的绫；罗，面上有稀小的孔；绫罗都是丝织品；绮罗是华丽的衣服。“过与”，付与的意思。淡薄知闻，薄情的相知人；解好么，懂得我的好心吗？“他”在此处读拖 tuō。

鹊踏枝

叵耐灵鹊多瞒语，送喜何曾有凭据？几度飞来活捉取，锁上金笼休共语。

比拟好心来送喜，谁知锁我在金笼里，愿他征夫早归来，腾身却放我向青云里。

叵耐，不可耐，有可恶意。灵鹊，即喜鹊，一般人迷信喜鹊鸣叫是喜兆。“瞒”或作“谩”，瞒语，谎话。因为送喜无凭，把它活捉住，锁在金笼里面，不再听它的话了。以下几句是假设喜鹊所说的话：本来是准备（比拟）好心好意来送喜讯的，谁知道却把我锁到金笼里面了。但愿（或作“欲”）她的征夫早早回来，两人一高兴，起身放我飞到青云里去。

“在”“却”“向”都是衬字。

李白 （701—762）

生于安西都护府的碎叶城，后迁居四川。天宝初到长安，贺知章荐于唐玄宗，待诏翰林，不久赐金还里，漫游多地。永王李璘聘白为幕僚，李璘兵败受累，被流放夜郎，中途遇赦，后卒于当涂（在今安徽）。

白以诗名，人称“诗仙”。他的词虽不多，但下面两词，却被人称为“百代词曲之祖”。

菩萨蛮

平林漠漠烟如织，寒山一带伤心碧。暝色入高楼，有人楼上愁。　　玉阶空伫立。宿鸟归飞急。何处是归程？长亭更短亭。

平林漠漠，从远处看，平地上的林木广阔无边。烟如织，烟雾弥漫，仿佛织成了一片。寒山，指冷落寂静的山；一带，一条；碧，绿玉。伤心碧，极言冷落的山虽色如碧玉，无比华美，但更增加人的伤感。暝色，黄昏之色。有人的人，指怀念征夫的女子。玉阶，白石台阶。伫立，久立。宿鸟，指回巢的鸟。长亭、短亭，即“十里一长亭，五里一短亭”，都是大路上行人休息的地方。词的前片写女子在楼上看望山林发愁，后片写女子久立在台阶上，见鸟归林，想象征夫也在征途中，而又不知究在何处。长亭短亭很多，可知路途邈远，愁的情绪更加重了。

忆秦娥

箫声咽，秦娥梦断秦楼月。秦楼月，年年柳色，灞陵伤别。　　乐游原上清秋节，咸阳古道音尘绝。音尘绝，西风残照，汉家陵阙。

咽，悲凉。关于秦娥，我可以给你们讲个故事。秦穆公时，有个萧史善吹箫，吹时孔雀、白鹤都来听。穆公的女儿弄玉很喜欢箫声，父亲便把女儿嫁给他了。萧史几年中每天教弄玉吹箫学凤声，学得很像了，居然引来凤凰。夫妇终于成仙，乘凤凰飞走了。秦娥这里泛指秦地（今陕西一带地方）的女子。娥原有美人的意思。一说秦娥指弄玉。

灞陵，汉文帝陵，附近有灞桥，唐人折柳送别的地方，在长安东。我游过灞陵旧址，还折柳送赠想象中的友人，所以读这首词觉得特别亲切。乐游原，旧址在西安南。清秋节，即重阳节，唐人常在这个节日登乐游原游览。咸阳曾经做过秦朝的京城，今属陕西省。音尘绝，是既无人声也无游人踪迹。末两句写现在只有西风吹着，落日照着汉家的陵墓和宫殿了。唐时还有汉代宫殿存在，但这里是借汉喻唐，全词有怀古伤今的意味。

张志和（约 732—774）

婺州金华（今浙江金华）人，隐居江湖，自称“烟波钓徒”。善歌词，并能书画。

渔歌子

西塞山前白鹭飞，桃花流水鳜鱼肥。青箬笠，绿蓑衣，斜风细雨不须归。

西塞山，在浙江吴兴县西。桃花流水，桃花盛开季节汛期的水，称桃花水。鳜（读guì）鱼，鳞细嘴大，黄褐色。青箬笠，箬是竹的一种，箬笠是用箬竹叶或篾编成的斗笠。蓑衣，用草或棕编织的雨衣。在南方，渔父或农夫在雨天，总戴斗笠、穿蓑衣，在北方看不到。短短的一首词将江南春色和渔翁形象描写得鲜明闲适。

韦应物 （737—792）

长安（今陕西西安）人。曾任滁州、江州、苏州刺史，被人称为韦苏州。他是唐代有名诗人之一，词只存留几首。

调笑令

河汉，河汉，晓挂秋城漫漫。愁人起望相思。江南塞北别离。离别，离别，河汉虽同路绝。

河汉，即天河。天快亮时，模糊不清（漫漫）悬在秋城上空。愁苦的人起来看望，动了相思之情，因为两人一在江南，一在塞北。天河虽在两地都能看到，但是道路远隔，安慰不了离愁别恨。“但愿人长久，千里共婵娟”所表现的些微安慰，似乎也得不到了。

刘禹锡 （772—842）

字梦得，洛阳人。贞元九年（793）进士。参与王叔文政治改革，王失败后，刘被贬为朗州（今湖南常德）司马十年，为民间歌曲倚声填词，很有成绩。晚年与白居易友善。

潇湘神

斑竹枝，斑竹枝，泪痕点点寄相思。楚客欲听瑶瑟怨，潇湘深夜月明时。

斑竹，又名湘妃竹，传说舜的二妃因舜出巡，死于苍梧，二人伤心流泪，泪痕成为竹上的斑纹。第三句就用的是这个典故。三句定了词的基本忧伤情调。楚客，楚地的贬客，是作者自况。瑶瑟是精美的瑟，屈原在《离骚》中写到“湘灵鼓瑟”，这里用的是这个典故，也是同前面二妃传说有关的。潇湘，湘江与潇水的总称，特指二水汇合处。末句写宜于听瑟的时间和地点。全词凄伤悱恻，用形象化的艺术手法，巧妙地表述了作者的心情。

忆江南

春去也，多谢洛阳人。弱柳从风疑举袂，丛兰裛露似沾巾，独生亦含颦。

这首词也名《春去也》，是作者读了同在洛阳的白居易所写《忆江南》之后写的。词用拟人化的手法，将“春”作为有感情的人，所以有第二句“多谢洛阳人”，表示春在去时对洛阳人的感谢。白居易在《忆江南》中有“日出江花红胜火，春来江水绿如蓝”这样的句子。弱柳在风中举袂（袖），即举臂挥手送别，兰丛披露水湿（裛）了，仿佛是流泪湿了手帕，也表示惜别的意思。末句“亦”字表示另有人在。“含颦”，皱眉不快，多为形容女子的，所以末句可以认为有女子见到这种情形而伤悲青春易逝。参看王方俊、张曾峒著《唐宋词赏析》，俞陛云著《唐五代两宋词选释》。

当然，认为词表现作者惜春去的感情，弱柳兰丛似也有惜别之意，只是作者的想象，也可以。

白居易 （737—792）

字乐天，其先太原人，后徙下邽（今陕西省渭南县境）。曾任左拾遗，因好言事，贬为江州司马。后又为杭州、苏州刺史。晚居洛阳，自号“香山居士”。他主张“文章合为时而著，歌诗合为事而作”，力求为普通群众所了解。写词不多，但对后世影响很大。

忆江南

江南好，风景旧曾谙。日出江花红胜火，春来江水绿如蓝。能不忆江南？

谙，熟悉。第三句是说太阳照耀的江岸上的花比火还要鲜艳。蓝，一种蓼种植物，叶子可做染料。如，在古汉语中意思等于“胜”字。

长相思

汴水流，泗水流，流到瓜洲古渡头。吴山点点愁。　思悠悠，恨悠悠，恨到归时方始休。月明人倚楼。

汴水，发源于河南省，先流入淮河，到江苏省与运河相通。泗水，发源于山东省，亦入淮河，与运河相通。瓜洲，在江苏省扬州南的市镇，运河经此通长江。吴山，江苏一带在春秋时为吴国领域，吴山指那一带的山；点点是从远处看山小而多。思是相思，恨是离恨，二者无穷无尽（悠悠），长如汴泗通淮入江，多如吴山点点。直到远人归来才能终结。未归之前，只有在月明之夜，倚楼发愁了。末句也可解为设想人已归来，月夜倚栏欢庆团圆了。

皇甫松 （约857年前后在世）

睦州新安（今属浙江）人，牛僧孺之甥。

梦江南

兰烬落，屏上暗红蕉。闲梦江南梅熟日，夜船吹笛雨潇潇。人语驿边桥。

兰烬，烛将燃完时结的灯花，形似兰心。屏，屏风，这句写灯光照到屏上，光如红蕉（美人蕉，深红色）。二句写夜已深，人要入睡了。以下三句写梦境：梅熟时节多雨，夜里坐在船上一面吹笛，一面听雨声潇潇。同时还听到驿站旁桥上有人说话。梦中情景，耐人寻味。

摘得新

酌一卮，须教玉笛吹。锦筵红蜡烛，莫来迟。繁红一夜经风雨，是空枝。

这词原是唐教坊曲名。首句言饮酒，二句言吹笛，表现享乐现时的思想。三、四句有秉烛夜游的意思。只要享乐是健康的，这种入世思想也未可厚非。末两句有“花开堪折直须折，莫待无花空折枝”的意味，但也有“莫等闲白了少年头，空悲切！”这一面积极的意义。

郑符 （生卒年代不详）

曾任校书郎。与段成式友善。

闲中好

闲中好，尽日松为侣。此趣人不知，轻风度僧语。

这首词以简单的语言，赞扬生活中幽静的乐趣。整天坐在松阴，以松为伴侣，偶然听到轻风送来僧语。

段成式 （？—863）

河南人。唐代宰相段文昌之子。

闲中好

闲中好，尘务不萦心。坐对当窗木，看移三面阴。

这首词也是赞扬生活中幽静乐趣的。前两句说心不为世俗琐事烦扰。末两句说坐着看窗外的树木，太阳照着，树荫从一面转到二面、三面，时间是够长的了。

我为你们选读这两首词，不是要教你们饱食终日，无所用心，而是要教你们一点忙里偷闲的生活艺术。我以前译过一篇散文《忙里偷闲》，作者就教导我们：人的心弦不能是永远拉紧的弓，要抓住无意得来的片断时间，使心情闲适，可以悠思冥想，有时可以得到意外的智慧。英国哲人罗素写了一本《悠闲礼赞》，极力阐说悠闲的心情对于健康、学习和研究工作都是必要的。希望你们以这样的思想作指导，学着从耳闻目睹的日常事物，吸收充实生活的养料。

温庭筠 （813？—870？）

唐末太原祁（今山西祁县）人。考进士不第。《旧唐书》说他“士行尘杂，不修边幅”。他好讽刺达官贵人，所以官运不佳。词存66首，诗与李商隐齐名。

菩萨蛮

小山重叠金明灭，鬓云欲度香腮雪。懒起画蛾眉，弄妆梳洗迟。　　照花前后镜，花面交相映。新帖绣罗襦，双双金鹧鸪。

这首词写闺怨。重叠的小山——绣屏风，被朝阳照射，金色忽明忽暗，这句写早晨情景。二句写初起床妇女：头发蓬乱，似有飞动（度）姿态，笼罩着洁白如雪的腮庞。三、四句写懒画眉，慢化妆，是愁怨的外表具体表现。下片写化妆终于完了，便用两面镜子一前一后照看镜中容貌。帖，通贴，襦，短衣，二句写见到丝绸短衣上用金线贴绣的成双的鹧鸪，引起悲愁就意在言外了。

菩萨蛮

南园满地堆轻絮。愁闻一霎清明雨。雨后却斜阳，杏花零落香。　　无言匀睡脸，枕上屏山掩。时节欲黄昏，无聊独倚门。

这也是一首写闺怨的词，不过上一首细写梳妆，多写室内；这一首虽然也写室内屏风，却侧重写季节天气和这时常见的花树：柳絮已经堆地，香花已零落。忽晴忽雨的清明时节天气，败絮落花，与女主人公的内心感情相适应。这种艺术手法，在词中常见。这类的女主人公在词中也常见，时代使然，在你们的心目中引不起什么美感，我想也是很自然的。

菩萨蛮

夜来皓月才当午，重帘悄悄无人语，深处麝烟长，卧时留薄妆。　　当年还自惜，往事那堪忆。花落月明残，锦衾知晓寒。

首句写已到中夜，尚见明月，人当然还未入睡。二、三句写重帘深处沉默无声，以香料和油脂混制成的烛已经结成很长的烛花，四句写人未洗尽薄妆躺卧着。下片写珍惜当年，回忆往事；花已落，明月残，既知“晓寒”，自然是未曾入睡了。全首词写“相忆梦难成”的情景。

更漏子

星斗稀，钟鼓歇，帘外晓莺残月。兰露重，柳风斜，满庭堆落花。　　虚阁上，倚栏望，还似去年惆怅。春欲暮，思无穷，旧欢如梦中。

天上星已少了，报时的钟鼓不再响了，帘外天空中还悬着残月，但黄莺已经开始歌唱了。暮春早景写得很美。兰上露浓，风吹柳舞，落花满地，进一步描写暮春景色。这时倚栏看望，旧欢如梦难以追寻，引起无限愁思，心情像去年一样感到惆怅。

更漏子

玉炉香，红蜡泪，偏照画堂秋思。眉翠薄，鬓云残，夜长衾枕寒。　　梧桐树，三更雨，不道离情正苦。一叶叶，一声声，空阶滴到明。

这首词写离愁。上片前三句写环境：玉炉散香，红烛流泪，照着画堂内秋夜满怀离愁的人。后三句写人：眉上画的翠黛已经浅薄，头发已经散乱，因为长夜不眠，觉得枕被都凉了。下片写梧桐夜雨，不理会（不道）人的离愁，滴打着梧叶，一声声直响到天明。用浅显的形象化语言，表现了极深的隐痛。

忆江南

千万恨，恨极在天涯。山月不知心里事，水风空落眼前花。摇曳碧云斜。

这首词写漂泊天涯的苦痛，更苦的是自然界的万物对自己的处境既无所知，也漠不关心。月亮独自发光，不能照亮心头的黑暗。风吹花落，对自己毫无同情。碧云在天空飘飘荡荡，对自己毫不理会。另一种解释说，“恨极在天涯”是怀念远在天涯的情人。

忆江南

梳洗罢，独倚望江楼。过尽千帆皆不是，斜晖脉脉水悠悠。肠断白蘋洲。

词写渴望情人归来，倚楼栏远望，但千帆过去，不见人影，只有夕阳含情不语，绿水向远处流去。此情此景，令人愁肠欲断。白蘋，水生植物，开白色小花；洲，水中小片土地。只是因水而联想到的泛称，并不指专一的地方。

韩偓　（约 842—约 923）

京兆万年（今属陕西）人。龙纪元年（889）进士。唐亡，依梁朝闽王王审知。著有《香奁集》。

生查子

侍女动妆奁，故故惊人睡。那知本未眠，背面偷垂泪。
懒卸凤凰钗，羞入鸳鸯被。时复见残灯，和烟坠金穗。

故故，故意。首两句写侍女不耐久等，故意动妆奁出声，惊假寐的女主人醒来，正式就寝。三、四句写她本人未入睡而还在偷偷自流泪。末四句写她不卸妆钿而懒怠地躺着，不盖被，时时看着残灯的灯花像金黄的麦穗似的落下来。

韦庄 （836—910）

京兆杜陵（今属陕西）人。少年既孤又穷，但勤学，昭宗乾宁元年（894）进士，诗词均工。广明元年（880）黄巢破长安，韦庄曾写《秦妇吟》记其事。前蜀王建称帝，曾任韦庄为宰相，把他留在蜀中。庄曾在杜甫草堂故址居住过。

荷叶杯

记得那年花下，深夜，初识谢娘时。水堂西面画帘垂，携手暗相期。　　惆怅晓莺残月，相别，从此隔音尘。如今俱是异乡人，相见更无因。

谢娘，常用以指所爱的女子。水堂，临水的屋，如水榭。两句写相见的地方。下片先写别时情景。隔音尘，既听不到声音，也看不到踪迹。末两句写各居异乡，更无缘相见了。一说韦庄有宠姬为蜀王所夺，因写此词。

谒金门

空相忆，无计得传消息。天上嫦娥人不识，寄书何处觅？　　新睡觉来无力，不忍把君书迹。满院落花春寂寂，断肠芳草碧。

上片写相忆而无法通消息，天上嫦娥是比喻所忆的人，嫦娥是传说中窃食仙药而奔月宫的后羿的妻子，自然是无法寄书的了。下片写不忍心看旧时书信字迹，以免在落花寂寂的深院，更增悲伤情绪。

女冠子

四月十七，正是去年今日，别君时。忍泪佯低面，含羞半敛眉。　　不知魂已断，空有梦相随。除却天边月，没人知。

上片写离别时间和别时情况。佯是假装着；敛眉是皱着眉头。二句很逼真生动。下片写只有梦中一见了。此种情怀，除天边月之外，没有人知道，凄伤孤寂之感就更深一层了。

女冠子

昨夜夜半，枕上分明梦见，语多时。依旧桃花面，频低柳叶眉。　　半羞还半喜，欲去又依依。觉来知是梦，不胜悲。

续写上一首词的梦境：不仅谈了许多话，又写了梦中人的容貌，情态写得更自然些。结句略欠含蓄。

浣溪沙

惆怅梦余山月斜，孤灯照壁背红纱。小楼高阁谢娘家。暗想玉容何所似？一枝春雪冻梅花，满身香雾簇朝霞。

词写梦中及梦后情况和情绪。梦中到了所怀情人（谢娘是泛称）的闺阁，梦醒后，只见月亮已斜挂天际，室内孤灯照着空壁和红色纱帘，心里感到惆怅。这时心中暗想情人的容貌像什么样呢？末两句就是形容她的容貌和体态的：一枝上有春雪的梅花，满身散发着香雾，周身还凝聚着朝霞。

浣溪沙

夜夜相思更漏残，伤心明月凭阑干。想君思我锦衾寒。
咫尺画堂深似海，忆来唯把旧书看。几时携手入长安？

词上片设想对方思念自己的情况，写法很新颖。首句写更漏已残，下两句写人还未眠而凭栏想着对方孤眠清冷寂寞。下片首句有咫尺天涯的意思：画堂虽相隔不远，却“侯门深似海”，不能接近。相忆无奈，只好看看旧时书信了。这时忆起旧约，或有旧地重游之意，所以末句那样提问。入长安只是泛指。

和凝（898—955）

郓州须昌（今山东东平）人。梁时举进士。在梁、唐、晋、汉、周五代都做过高官，善作短歌艳曲，故号为“曲子相公”。

渔父

白芷汀寒立鹭鸶，蘋风轻剪浪花时。烟幂幂，日迟迟，香引芙蓉惹钓丝。

白芷是一种香草。汀，汀洲，水中的小片滩地。首句写鹭鸶立在寒冷的小滩上。二句写微风吹动水面。三句写烟雾笼罩，四句是天色已晚。芙蓉是荷花，末句写渔父在荷香中垂钓。全词是一幅美丽的图画。

春光好

蘋叶软，杏花明，画船轻。双浴鸳鸯出渌汀，棹歌声。
春水无风无浪，春天半雨半晴。红粉相随南浦晚，几含情。

蘋，白蘋，水中开白色小花的植物。上片写春天景物，形象地写出春光明媚。下片两句写春季风平浪静，半雨半晴，很有特色。红粉即美人，南浦原为地名，这里泛指水域，写美女在这一带结队游春。

张泌 （生卒年代不详）

一说是晚唐人，一说是南唐人。《花间集》存其词23首。

浣溪沙

晚逐香车入凤城，东风斜揭绣帘轻，漫回娇眼笑盈盈。　　消息未通何计是，便须佯醉且随行，依稀闻道："太狂生！"

凤城，皇城。前三句写晚上随车进入皇城，风吹开车帘，车中人笑盈盈回眸看望。下三句写无法交谈，互通情意，只好装醉随车子走，仿佛听到车中人说："这个人太狂妄了！"这首词把追车人的轻狂和车中人的端庄都写得很生动。

江城子

浣花溪上见卿卿，眼波秋水明，黛眉轻，绿云高绾，金簇小蜻蜓。好是问他来得么，含笑道：“莫多情！”

浣花溪在成都西五里，杜甫草堂所在地。卿卿是对女子的昵称，即女郎之意。下几句说她眼睛明亮，眉用黛轻画，头发（绿云）高高束起，发钗上还有金属小装饰品。这几句描绘出一个美女的形象。末两句一问一答，表现了两人的内心活动，女子的形象就更为完美了。

按《江城子》第二句应为三字句，有认为“秋水”二字是衍文（多余的字句）。

牛希济　（约913年前后在世）

陇西（今属甘肃）人。先后在蜀和后唐任过官职。

生查子

春山烟欲收，天淡稀星小。残月脸边明，别泪临清晓。
语已多，情未了，回首犹重道：记得绿罗裙，处处怜芳草。

这是一首写离别的词。上片写时间和当时景色：天将破晓，春山上烟雾将收，天色微明，星辰已经稀少，残月还照着女主人公的别泪。下片写谈话已多，还道不尽心中情意；末两句写希望别后不相忘的眷恋深情：见到芳草也应怜爱，因为联想到她着的绿罗裙。

生查子

新月曲如眉，未有团圞意。红豆不堪看，满眼相思泪。

终日劈桃穰，人在心儿里。两朵隔墙花，早晚成连理。

这首词抒写恋爱情怀。首两句既写了意中人眉如新月之美，也表现了希望月圆之意。红豆像王维诗所说，“此物最相思”，但相思苦得流泪，就变成不堪看的了。桃穰即核桃仁，核桃破开后可以看到桃仁。人与仁双关，比喻意中人在自己心里。连理原指两棵树不同根，但上枝相连，常用以比喻男女相爱，终成眷属，末两句就是表示这种希望。这首词很有《子夜歌》风味。

李珣 （约 855—约 930）

其先为波斯人，后家居梓州（今四川省三台附近）。他少有诗名，兼通医理。《花间集》《尊前集》中载他的词，所著《琼瑶集》已佚。

浣溪沙

红藕花香到槛频，可堪闲忆似花人。旧欢如梦绝音尘。
翠叠画屏山隐隐，冷铺纹簟水潾潾。断魂何处一蝉新？

荷香频频传到栏杆边，闲忆似花人令人难以忍受。旧欢像梦一样无影无踪了。画的屏风上隐隐约约看到群山，铺的席子像水一样冷冰冰的。不知从哪里传来的蝉声更令人魂断。

南乡子

兰棹举，水纹开，竞携藤笼采莲来。回塘深处遥相见，邀同宴，渌酒一卮红上面。

兰棹，木兰舟的桨。藤笼，用藤编的装莲的筐子。渌酒，清酒。一卮，一杯。将采莲人之间的友好关系，写得十分自然。

南乡子

乘彩舫，过莲塘，棹歌惊起睡鸳鸯。游女带花偎伴笑，争窈窕，竞折团荷遮晚照。

彩舫，彩绘的船，或称画船。棹歌，摇桨时唱的歌。游女带花，佩戴着花的游女。偎，依靠着。争窈窕，互比谁美。团荷，圆的荷叶。晚照，夕阳。这首词和上一首将水乡女子采莲的景色、人情，描绘得富有诗情画意。

南乡子

沙月静，水烟轻，芰荷香里夜船行。绿鬟红脸谁家女？遥相顾，缓唱棹歌极浦去。

沙上月色幽静，水上烟雾轻淡，在荷香里乘船夜行，三句多么引人入胜。诗词中常以“绿云”形容女子发多而黑，所以这里的“绿鬟”是环形发多而黑的意思。极浦，莲湖的遥远水边。上面写到月色，所以可以看到黑发红脸的女子遥遥相望而去。

南乡子

双髻坠，小眉弯，笑随女伴下春山。玉纤遥指花深处，争回顾，孔雀双双迎日舞。

双髻下坠，眉如新月，是形容女子的。这里描写的是结伴游山的情形。玉纤，女子的手指，花深处孔雀双双迎日起舞，确是值得观赏的一景，无怪要争相回看了。

顾夐 （约928年前后在世）

前蜀王建时为宫廷小吏。后官至刺史。后蜀时官至太尉。性好诙谐。

诉衷情

永夜抛人何处去？绝来音。香闺掩，眉敛月将沉。争忍不相寻？怨孤衾。换我心，为你心，始知相忆深。

长夜抛弃我的负心人哪儿去了？毫无音信。只好掩了闺门，皱起眉头，直到月亮快要落了。争，等于现代的“怎”，怎能忍心不寻找呢？末三句表现了深情。全词用白描手法，毫无雕琢痕迹。

荷叶杯

我忆君诗最苦，知否？字字尽关心。红笺写寄表情深，吟么吟，吟么吟？

思念，写诗，寄诗，但不知对方是否吟诵，相思之苦，步步深入，写得十分自然。

临江仙

碧染长空池似镜，倚楼闲望凝情。满怀红藕细香清。象床珍簟，山障掩，玉琴横。　　暗想昔时欢笑事，如今赢得愁生。博山炉暖淡烟轻。蝉鸣人静，残日傍，小窗明。

碧染长空，无云的晴空；似镜，池无波、平如镜。凝情，感情专注。红藕细香，红莲轻香。象床，象牙装饰的床，俗称象牙床。珍簟，精美的席。山障掩，门关上了。博山炉，是像海中博山的一种精美的香炉，上面细刻重叠山形装饰。词先写外景，后写室内，最后写黄昏时刻，都为主人公回忆往昔欢乐和悲愁创造气氛。末句或作“残月傍窗明”，那就是通宵未睡了。

欧阳炯　（896—971）

益州华阳（今属四川）人，在前蜀、后蜀、宋均任过官职。他曾为《花间集》作序，词亦载《花间集》中。

南乡子

画舸停桡，槿花篱外竹横桥。水上游人沙上女，回顾，笑指芭蕉林里住。

画船停桨不走了。槿花，朝开暮落，种它代替篱笆，我童年在故乡见到过，还记得从上面捉蜻蜓的情形。翠竹横在桥上，把景物点缀得够美了。水上游人和沙滩上游女调情，写得优美自然。

南乡子

洞口谁家，木兰船系木兰花。红袖女郎相引去，游南浦，笑倚春风相对语。

首句写不知是谁人的家，只见有用木兰树所制的画舫系在木兰花树上，诗句很美，已经将人家情况暗示出来了。女郎结队出来，到南浦（江西南昌西南的码头）去游玩，末句写女郎们在春风中偎倚谈笑。女郎们的欢快游兴，纯真友谊，写得清新明快。

南乡子

路入南中，桄榔叶暗蓼花红。两岸人家微雨后，收红豆，树底纤纤抬素手。

桄榔树是常绿乔木，花小，开的成穗，绿色。一棵树能结百多花穗，每穗结子百多粒，像青色的珠。红豆是相思树所结的实，王维诗中说："此物最相思。"纤纤是形容手的。

孙光宪 （约968年在世）

贵平（今属四川）人。宋太祖授以黄州刺史，将用为学士。未就而卒。著作多已散失。词存《花间集》与《尊前集》中。

生查子

寂寞掩朱门，正是天将暮。暗淡小庭中，滴滴梧桐雨。
绣工夫，牵心绪，配尽鸳鸯缕。待得没人时，偎倚论私语。

上片写黄昏时刻，雨打梧桐，朱门深掩，环境幽静，人越感到寂寞。下片写手在绣花，情绪很不安宁。期待着无人时偎倚着它私语。

更漏子

掌中珠，心上气，爱惜岂将容易。花下月，枕前人，此生谁更亲？　　交颈语，合欢身，便同比目金鳞。连绣枕，卧红茵，霜天暖似春。

掌上明珠，心头气息，怎样爱惜都不容易周到。二者都比喻爱侣。后三句进一步写爱侣比谁都更为亲近。比目金鳞即比目鱼，总是身靠身在水中游泳。末三句写相依为命，健康的夫妻关系是应当这样和谐的。

风流子

茅舍槿篱溪曲，鸡犬自南自北，菰叶长，水葓开，门外春波涨绿。听织，声促，轧轧鸣梭穿屋。

这首词先写茅屋外景，后写织布声音传到屋外。李冰若在《栩庄漫记》中说："《花间集》中忽有此淡朴咏田家耕织之词，诚为异采。盖词境至此，已扩放多矣。"这话说得很好。

槿树是灌木，花早开暮落，农村用作篱笆，称为槿篱；溪曲，屋旁有弯弯流水，所以下面有“春波涨绿”，就是春天水涨了；水边有菰，一种俗称茭白，可作菜蔬的植物；水蘋，一种水生植物。

风流子

楼倚长衢欲暮，瞥见神仙伴侣，微傅粉，拢梳头，隐隐画帘开处。无语，无绪，慢曳罗裙归去。

黄昏时倚楼站着，看见一位漂亮女郎，隐隐约约在画帘开处，脸上傅着薄薄的粉，头发也只随便梳着。彼此未说一句话，她手曳罗裙回家去了。一时的脉脉深情写得很真挚生动。

冯延巳 （903—960）

广陵（今江苏扬州）人。南唐中主李璟年少时，在庐山建筑读书堂，他随侍左右。李璟做皇帝，他曾做宰相。词多写男女离愁别恨，北宋的晏殊和欧阳修很受他影响。

归自谣

何处笛？深夜梦回情脉脉。竹风檐雨寒窗滴。　　离人数载无消息。今头白，不眠特地重相忆。

深夜梦醒听到笛声，愁苦极了（情脉脉）。寒窗外风吹雨滴，更加使人愁苦。离别的人几年不通音讯，不能入睡，重新回忆以自慰。

长相思

红满枝，绿满枝。宿雨恹恹睡起迟。闲庭花影移。　　忆归期，数归期，梦见虽多相见稀。相逢知几时？

首两句写花繁叶茂，后写“花影移”，表示时间过去了。宿雨，昨夜的雨，雨后所以花更红，叶更绿，人也安心（恹恹）入睡，醒得迟了。醒后忆起外出人的归期，计算日期，恨聚少别多，不知何时再见。词写的还是离愁别恨。

蝶恋花

谁道闲情抛弃久，每到春来，惆怅还依旧。日日花前常病酒，不辞镜里朱颜瘦。　　河畔青芜堤上柳，为问新愁，何事年年有？独立小桥风满袖，平林新月人归后。

闲情实指相思之情，谁说抛开久了就淡忘，每到春天，惆怅依然像旧日一样。照常在花前醉酒，朱颜消瘦也在所不惜（不辞）。青芜，青草，与柳均为绿色，代表阳春朝气，春来复苏，想问它们，我何以年年有新愁复苏，像它们一样呢？怀着这种心情，在小桥上独立，任凭风吹，面对平林新月，游人走尽了之后，只有独自回去了。

蝶恋花

萧索清秋珠泪坠，枕簟微凉，展转浑无寐。残酒欲醒中夜起，月明如练天如水。　阶下寒声啼络纬，庭树金风，悄悄重门闭。可惜旧欢携手地，思量一夕成憔悴。

秋天萧索，眼泪下落，枕和席都有点凉，身子翻来翻去睡不着。酒将醒了，半夜起来，月光明亮。络纬，即纺织娘，声如织布故名。金风，秋天的风。在与情人旧时携手的地方引起悲感，一夜就使人憔悴了。这自然是夸张的说法。

蝶恋花

六曲栏杆偎碧树，杨柳风轻，展尽黄金缕。谁把钿筝移玉柱，穿帘海燕双飞去。　　满眼游丝兼落絮，红杏开时，一霎清明雨。浓睡觉来莺乱语，惊残好梦无寻处。

这首词的作者或作晏殊，或作欧阳修，或作张泌，据《全唐诗》作冯延巳。栏杆靠近绿树，轻风吹着杨柳，柳条都展开了。有人弹筝，把海燕惊跑了。下片前三句写暮春景色，有境有景。末两句抒情含蓄。

谒金门

风乍起，吹皱一池春水。闲引鸳鸯香径里，手挼红杏蕊。　　斗鸭阑干独倚，碧玉搔头斜坠。终日望君君不至，举头闻鹊喜。

头两句写突然起了风，使水面泛起涟漪。次两句写思妇百无聊赖，在弥漫着花香的小路上，用手揉搓杏花心，逗引鸳鸯以自遣。下片写她独自靠在池塘周围的阑干上，观看斗鸭，看得很出神，碧玉钗都歪斜欲坠了。这是进一步写她的百无聊赖的心情。末两句点明她是在想念人，听到喜鹊鸣声而稍感安慰，因为民间相信，喜鹊叫是报喜的。

抛球乐

酒罢歌余兴未阑，小桥秋水共盘桓。波摇梅蕊当心白，风入罗衣贴体寒。且莫思归去，须尽笙歌此夕欢。

喝完了酒，唱完了歌，还未尽兴。在有秋水的小桥上再盘桓一会儿。白梅花蕊在波中摇动，秋风吹进罗衣，觉得身上有点凉意了。尽管如此，且莫想回家，今晚还要尽兴吹笙唱歌哩！

李璟 （916—961）

徐州（今江苏徐州）人，一说湖州人。南唐开国主李昪子，保大元年（943）在金陵继位称帝，在位19年。后向周世宗称臣，改称国主。周亡后，又向宋进贡。史称南唐中主。

摊破浣溪沙

菡萏香销翠叶残，西风愁起绿波间。还与韶光共憔悴，不堪看。　　细雨梦回鸡塞远，小楼吹彻玉笙寒。多少泪珠何限恨，倚阑干。

荷花（菡萏）已经没有香味，绿叶已经残败了。绿波间刮起了西风，因为花败叶残，所以说“愁起”。韶光（美好的时光）消逝，人也一同憔悴了，不堪看此等景色了。下片的鸡塞是鸡鹿塞（地名）的简称，这里只泛指边塞。吹彻，吹奏完毕；玉笙寒，可能为笙被吹湿而寒，亦可能为笙声凄凉。

李璟很欣赏冯延巳的词句："风乍起，吹皱一池春水。"戏问他："吹皱一池春水，干卿何事？"冯答道："未若陛下'小楼吹彻玉笙寒'。"

李煜 （937—978）

李璟的第六子，961年嗣位，史称南唐后主。宋破金陵，煜投降，还被封了官职。据说后为宋太宗赐药毒死。所著诗词很多，后人只辑存几十篇。

乌夜啼

林花谢了春红，太匆匆。无奈朝来寒雨，晚来风。　　燕脂泪，留人醉，几时重？自是人生长恨水长东。

林里的红花谢了，未免太匆忙了。早晨下着寒雨，晚上又刮风，无可奈何呀。泪湿燕脂，留人醉饮，几时还能再有这样的事情呢？词是写离愁的。

乌夜啼

无言独上西楼，月如钩，寂寞梧桐深院锁清秋。　　剪不断，理还乱，是离愁，别是一番滋味在心头。

上片写景，秋季深院里新月照着梧桐，又默默无言，一人独自登楼，景里也就有寂寞的离愁了。下面把离愁写得既形象（剪不断，理还乱，都是具体的活动），又深入内心，滋味自然也就是愁味。

清平乐

别来春半，触目愁肠断。砌下落梅如雪乱，拂了一身还满。　　雁来音信无凭，路遥归梦难成。离恨恰如春草，更行更远还生。

春半，指仲春。砌，台阶。落梅，有一种白色的梅，落花较晚，因以“如雪”形容它；下句形容花落得很多。下片写雁传书既靠不住，路远了，也难成归梦，所以离恨就像春草一样滋生了。

长相思

一重山，两重山，山远天高烟水寒，相思枫叶丹。　　菊花开，菊花残，塞雁高飞人未还，一帘风月闲。

此词写深秋怀远，语浅情深。花开花谢，月色照窗，都是容易怀人的时候。

浪淘沙

帘外雨潺潺，春意阑珊，罗衾不耐五更寒。梦里不知身是客，一晌贪欢。　　独自莫凭栏，无限江山，别时容易见时难。流水落花春去也，天上人间。

潺潺，原指水流动声，这里指雨声。阑珊，将要完了。罗衾，丝绸作面的被。末两句，叹息自己一向只知贪图享乐，梦里还不知道已经亡了国，做了阶下囚了。这里写亡国之恨。下片写黄昏时独自凭栏远看，想象中看到南唐的广阔河山，怀念故国的感情自在言外，想再见自然是困难的了。末两句的大意是：流水落花表示春天已去，但不知道去到天上人间什么地方了。春也可看为象征过去的荣华，天上人间无处可寻，也就是化为乌有了。

虞美人

春花秋月何时了，往事知多少？小楼昨夜又东风，故国不堪回首月明中。　　雕栏玉砌应犹在，只是朱颜改。问君能有几多愁，恰似一江春水向东流。

春花秋月，代表季节更替；了，完结，意思是说岁月总是轮回。二句言回忆中的往事很多，但最不堪回首的是已亡的国。下片前两句就是引申上文：豪华建筑（雕花的栏杆，白玉石的台阶）应当依然存在，只是换了主人（朱颜改是换了朝代的隐语）。这种亡国之愁是源远流长的，像一江春水。

望江南

多少恨，昨夜梦魂中；还似旧时游上苑，车如流水马如龙，花月正春风。

上苑是帝王打猎游玩的地方。车如流水，马如游龙，是车和马很多，队伍络绎不绝。首句说，昨夜梦中所见，引起多少恨来，后三句写具体的梦的内容：旧时在上苑打猎或游玩，风中盛开着花，月色明媚，随从的朝臣、嫔妃、宫女等所乘的车马队伍浩浩荡荡。梦幻中的乐同现实中的悲只对衬一写，不用多着一语，对于读者就有了巨大的艺术感染力。这是李煜词的一大特色。

宋词

王禹偁　（954—1001）

钜野（今山东巨野县）人。宋太宗兴国八年（983）进士。因为刚直敢于直谏，屡遭贬谪。他的诗风平易清新，词仅存一首。

点绛唇

雨恨云愁，江南依旧称佳丽。水村渔市，一缕孤烟细。
天际征鸿，遥认行如缀。平生事，此时凝睇，谁会凭栏意？

江南多雨多云，很令人愁闷，但风景依然美丽。下面写农村情形，水乡自然多鱼，但人烟稀少，所以只偶有一缕炊烟。天边长征的大雁，远远看来，紧依成行，仿佛连缀在一起。这时定睛看望着它们，有谁理会我扶栏杆站在那里的心事？末句含蓄地倾吐了平生政治抱负不能实现的怨意。

潘阆 （？—1009）

大名（今属河北）人，一说广陵（今江苏扬州）人。宋太宗时赐进士第。几次遭受贬谪，并因牵连，曾改名隐匿，后又被赦。有诗名，词仅存《酒泉子》10首。

酒泉子

长忆观潮，满郭人争江上望。来疑沧海尽成空，万面鼓声中。　　弄潮儿向涛头立，手把红旗旗不湿。别来几向梦中看，梦觉尚心寒。

观潮，指每年8月钱塘江潮。郭，内城以外的地方，满郭言人极多。沧海，苍青色的海，尽成空，形容潮大，仿佛海水排空而来。鼓声，比喻潮声，高如万鼓齐鸣。弄潮儿，在潮中游泳的健儿。这两句是概括周密在《武林旧事·观潮》中的记载：“吴儿善泅者数百……手持十幅大彩旗……出没于鲸波万仞中，腾身百变，而旗略不沾湿。”这景况几次在梦中见到，还心惊胆战。可见对惊险场面留下了极深印象。全词豪放，别开一种风气。

林逋 （967—1028）

浙江钱塘（今杭州市）人。隐居孤山，不做官，不娶妻，20年不到城市，喜植梅养鹤，人称“梅妻鹤子”。

长相思

吴山青，越山青，两岸青山相对迎。谁知离别情？　君泪盈，妾泪盈，罗带同心结未成。江边潮已平。

吴山，在钱塘江北岸；越山，在钱塘江南岸。相对地迎送来往船只，而不了解离别之情。君指男，妾指女，在离别时以女的口气叹息，罗带未能结同心，即恋爱未能成眷属。古时以丝带打成同心结，即表示两人相爱之意。末句说潮水已涨，船该开行了，言外暗示离愁别恨也达到高潮了。

范仲淹（989—1052）

先世为邠（今陕西县名）人，后迁居吴县（今苏州）。他在陕西守卫边塞多年，西夏不敢来犯。他在政治上主张革新，但为守旧派阻挠，不能实现。

苏幕遮

碧云天，黄叶地，秋色连波，波上寒烟翠。山映斜阳天接水，芳草无情，更在斜阳外。　黯乡魂，追旅思，夜夜除非好梦留人睡。明月楼高休独倚，酒入愁肠，化作相思泪。

这是一首细写深秋景色，以抒怀人之情的诗，写景是一幅多彩的美丽图画，抒情委婉、深刻。碧云天，碧空有浮云飘动，云天一色。黄叶地，大地同金黄色的落叶混为一体；上两句所写秋色又与秋水相连，秋水上又笼罩着翠微色的寒烟。斜阳照映着远山，远处天和水合成一片，深秋的景色就更显得美丽了。芳草无情，更在斜阳外，是由远处的斜阳，联想到更远的芳草——所怀的人，乡思也就意在言外了。下片进一步明确写出乡魂使自己心情暗淡，回忆起羁旅悲愁，只有做好梦才能入睡了，言外也有乡愁。末三句是词人警戒自己：不要在月明之夜，独上高楼倚栏远望，借酒浇愁，酒却化为相思的眼泪了。这三句也是回顾上文，所写秋景是登楼看到的。

渔家傲

塞下秋来风景异，衡阳雁去无留意。四面边声连角起，千嶂里，长烟落日孤城闭。　　浊酒一杯家万里，燕然未勒归无计。羌管悠悠霜满地。人不寐，将军白发征夫泪。

范仲淹在1040—1043年间，在陕北督师，抵御西夏（党项族）的侵犯，这首词写的就是那时的边塞情况、征夫及将帅的心情。塞下，边塞地区。二句说雁无意留在边塞，向衡阳飞去，据说雁飞到衡阳为止，那里有回雁峰，不再南飞了。边声，指边塞各种声音，其中也有军中乐器（角）声。千嶂里，在群山之中。浊酒，色浊如乳的酒。燕然未勒，意谓未在燕然山上刻石记功，即战败敌人；归无计，即不能归去。燕然山即杭爱山，在蒙古国境内。后汉窦宪破北单于登此山，班固为撰封燕然山铭，刻碑记功。这里用的是这个典故。羌管即羌笛，原是羌族乐器，故名。

词把边塞风光写得非常出色，下片写战争艰苦，征夫心情，将帅壮志，委婉深刻，情景融为一体了。

御街行

纷纷坠叶飘香砌，夜寂静，寒声碎。真珠帘卷玉楼空，天淡银河垂地。年年今夜，月华如练，长是人千里。　　愁肠已断无由醉，酒未到，先成泪。残灯明灭枕头攲，谙尽孤眠滋味。都来此事。眉间心上，无计相回避。

香砌，上面有落花香味的台阶。寒声碎，风吹落叶发出的微声。真珠即珍珠；玉楼空，豪华的楼中已无人居住。天淡，天空清澈无云，所以银河仿佛垂到地上了。如练，像煮熟的丝绸一样洁白。攲，斜靠着枕头。都来，意为算来，也可释为统统。末两句即愁“才下眉头，却上心头”，总是摆脱不了。

上片写秋景有声有色，下片写离情如痴如醉。

柳永 （生卒年代不详）

崇安（今福建县名）人，景祐元年（1034）始中进士。他为人放荡不羁，常与歌伎乐工交往，吸收民间新声，发展成为慢词（曲调舒缓），对词的发展颇有影响。他曾有词句："忍把浮名，换了浅斟低唱。"宋仁宗在他应试要放榜时，故意不取他，说："且去浅斟低唱，何要浮名。"他善为歌辞，教坊乐工，每得新腔，必求永为辞。于是有人云："凡有井水饮处，即能歌柳词。"可见他的词颇受群众欢迎。

雨霖铃

寒蝉凄切，对长亭晚，骤雨初歇。都门帐饮无绪，方留恋处，兰舟催发。执手相看泪眼，竟无语凝噎。念去去、千里烟波，暮霭沉沉楚天阔。　　多情自古伤离别，更那堪，冷落清秋节。今宵酒醒何处？杨柳岸，晓风残月。此去经年，应是良辰、好景虚设。便纵有，千种风情，更与何人说？

寒蝉，一名寒蜇，可以鸣到深秋。长亭相隔10里，短亭相隔5里，是旅客休息换马的地方。帐饮，城外无房屋，设帐幕宴饮送别；无绪，心情不佳。凝噎，喉咙堵塞，说不出话。暮霭，晚间的烟雾；楚天，泛指江南的天空，此地原属楚。今宵两句是为被送的人设想的。风情，情意。“更”一作“待”。

词从离别的瞬间写起，既设想到旅途中情况，又意料到别后心绪，自然而又生动，很富有感染力。

八声甘州

对潇潇暮雨洒江天，一番洗清秋。渐霜风凄紧，关河冷落，残照当楼。是处红衰翠减，冉冉物华休。惟有长江水，无语东流。　　不忍登高临远，望故乡渺邈，归思难收。叹年来踪迹，何事苦淹留？想佳人，妆楼颙望，误几回、天际识归舟。争知我、倚栏杆处，正恁凝愁。

潇潇，形容雨声。红衰翠减，处处花落叶凋，冉冉物华休，美丽景物渐渐衰败。归思，思乡之情。何事苦淹留，为什么事久留在外呢？下两句设想佳人在家登楼远望，好多次误认为天际归舟载着自己归来。争，怎么。正恁凝愁，正在解不开愁结。

上片写秋景凄清，衬出下片乡愁寂寞。设想对方误认归舟，思己情切，但怎么知道自己望乡思远，而愁结难解呢？这种对衬写法，大大增加了艺术感染力。苏轼不喜柳词，但对此词却很欣赏，称霜风三句“不减唐人高处”。

凤衔杯

有美瑶卿能染翰，千里寄，小诗长简。想初襞苔笺，旋挥翠管红窗畔。渐玉箸、银钩满。　锦囊收，犀轴卷。常珍重，小斋吟玩。更宝若珠玑，置之怀袖时时看。似频见、千娇面。

瑶卿是对所爱女子的美称，她善写字，寄来小诗长信。以下几句是想象她打开信纸，在红窗旁挥笔（翠管）写字，渐渐把字（玉箸、银钩形容笔画）写满了。上片写她写诗写信的情况。下片就写自己收诗信之后如何卷藏，如何视为珠宝，不仅置之怀中，还时时取出吟玩，因为这样就仿佛见到她的美丽面容。一件平常事被诗化了。

佳人醉

暮景萧萧雨霁，云淡天高风细。正月华如水，金波银汉，潋滟无际。冷侵书帷梦断，却披衣重起。　　临轩砌，素光遥指。因念翠娥，杳隔音尘何处，相望同千里。尽凝睇，厌厌无寐，渐晓雕栏独倚。

首两句写傍晚天晴了，天高气爽，云淡风轻。三、四句写地上如水月光，天上银河，互相辉映，水天一色，水波荡漾（潋滟），无边无际。后两句写寒气打断了梦，披衣起来。下片写站到房前台阶上面，月光遥照到远方，因而想到所爱的女子（翠娥为美称）现在杳无音信，但相望还可以“千里共婵娟”吧。因而尽量定睛远望，弄得有气无力（厌厌，同奄奄），睡不着觉了，天快亮了，还倚着栏杆独立。

蝶恋花

伫倚危楼风细细，望极春愁，黯黯生天际。草色烟光残照里，无言谁会凭阑意。　　拟把疏狂图一醉，对酒当歌，强乐还无味。衣带渐宽终不悔，为伊消得人憔悴。

伫倚，久立；危楼，高楼。望极句，按意思大体是：向远处看望，悲伤的春愁从天际产生，下句即写天际情况，末句说自己默默无言，无人理解凭阑独立是什么意思。下片说想不拘小节，放肆地一醉消愁，但勉强寻欢作乐，也无味。衣带渐宽，是渐渐消瘦了；消得是值得的意思，两句说，为她憔悴是值得的。作者另一首词，末尾三句是："潘妃宝钏，阿娇金屋，也应消得。"说明消不能单独作消瘦解。

张先 （990—1078）

乌程（今属浙江）人。天圣八年（1030）进士。作词工于炼语，多有佳句。曾任过官职，晚年退居乡间，卒年89。

相思儿令

春去几时还？问桃李无言，燕子归栖风紧，梨雪满西园。　犹有月婵娟，似人人、难近如天。愿教清影长相见，更乞取长圆。

惜春归去，又不知春归何处。桃李花谢（无言），燕子归巢，梨花落满西园，都是春归的形象描写。下片以月喻人，她好像月在天上，难以接近。只愿能长见清影，更希望永远团圆。

天仙子

时为嘉禾小倅，以病眠，不赴府会。

水调数声持酒听，午醉醒来愁未醒。送春春去几时回？临晚镜，伤流景，往事后期空记省。　　沙上并禽池上暝，云破月来花弄影。重重帘幕密遮灯，风不定，人初静，明日落红应满径。

嘉禾，宋时郡名，今浙江嘉兴市。张先那时在那里做判官。“水调”，那时流行的曲调名。伤流景，伤流水样逝去的年华。往事，以前的事；后期，以后的约会；空记省，白白记忆了；并禽，并栖的鸟，指鸳鸯；暝，天色已暗。关于下一句“云破月来花弄影”，我给你们讲一段小故事吧。

有人对子野（张先的号）说：“人皆谓公张三中，即‘心中事’，‘眼中泪’，‘意中人’也。”子野说：“何不目之为张三影？……‘云破月来花弄影’，‘娇柔懒起，帘压卷花影’，‘柳径无人，堕风絮无影’，此余平生所得意也。”

青门引

乍暖还轻冷，风雨晚来方定。庭轩寂寞近清明，残花中酒，又是去年病。　　楼头画角风吹醒，入夜重门静。那堪更被明月，隔墙送过秋千影。

天气骤暖还带点微寒，终日风风雨雨，到晚方止。庭院走廊（庭轩）寂静，花已残落，这正是清明时节景象，像去年一样愁病，饮酒过量醉了。下片写入夜更静，又被画角吹醒，寂寞之感更增。月光送过墙那边打秋千的人影，寂寞之情跃然纸上。

木兰花

乙卯吴兴寒食

龙头舴艋吴儿竞，笋柱秋千游女并。芳洲拾翠暮忘归，秀野踏青来不定。　　行云去后遥山暝，已放笙歌池院静。中庭月色正清明，无数杨花过无影。

乙卯为宋神宗熙宁八年（1075）。龙头舴艋，刻有龙头的小船，赛船用。笋柱秋千，指秋千架的形式，如悬钟磬的架子一样；芳洲，水中的小沙洲；拾翠，拾翠鸟的羽毛，用作装饰，游春时顺便作消遣。踏青，寒食清明前后的郊游。以上都写的是寒食清明时节的各种游戏。下一句的行云，可泛称天上浮云，也借指美人，以后者较佳，因此词不仅写景，也抒情。美人既去，远山显得黯然无色，笙歌队伍也分散（已放）了，庭院静了。月色照着无影的凋落杨花，凄清的境界就形象化地点了睛了。

晏殊 （991—1055）

抚州临川（今江西抚州市）人。7岁能文，被称为神童。真宗景德二年（1005）召试，赐同进士出身。宋仁宗时官至宰相。他引用了范仲淹、欧阳修等人。他也写诗，词还是从诗中选出的（所谓“诗余”），但他写诗反不如词著名。

浣溪沙

一曲新词酒一杯，去年天气旧亭台，夕阳西下几时回？
无可奈何花落去，似曾相识燕归来。小园香径独徘徊。

词写春残景象，见景感到寂寞，伤韶光之飞逝。花自落去，对己并无同情，同归燕只似曾相识而已，对己也并无同感。自己的孤寂感也就无限加深，只好在花径独自徘徊了。

作者还写过一首七律，“无可奈何”两句是诗中的五、六句。“小园”为诗的第二句。论者有人认为入词较好。以诗句入词是偶然有的。这词还曾被误编入“南唐二主词”内。

蝶恋花

槛菊愁烟兰泣露，罗幕轻寒，燕子双飞去。明月不谙离恨苦，斜光到晓穿朱户。　　昨夜西风凋碧树，独上高楼，望尽天涯路。欲寄彩笺兼尺素，山长水阔知何处？

在怀着离愁的人看来，栏杆里的菊花在烟雾里发愁，兰花带露似在哭泣，轻寒侵入罗幕（帘幕），燕子也双双归去了。明月不知道离愁恨苦，到早上那斜光还照射到屋里。昨夜的西风使青枝绿叶的树凋零了，独自登高楼，向天涯远处看望。想到远人，离恨更深入一层。彩笺、尺素都是写书信所用，前者似只是纸张，后者使人想起古诗：“客自远方来，遗我双鲤鱼。呼儿烹鲤鱼，中有尺素书。”似乎尺素书是藏在鲤鱼形的外封里面的。二者并提，加重无法写信之意。末句说明原因：伊人远隔万水千山，不知她在什么地方。离愁就更进一层了。

破阵子

燕子来时新社，梨花落后清明。池上碧苔三四点，叶底黄鹂一两声，日长飞絮轻。　　巧笑东邻女伴，采桑径里逢迎。疑怪昨宵春梦好，原是今朝斗草赢，笑从双脸生。

燕子是候鸟，新社是春社，是古代祭土地神的日子，在立春后，这时燕子便来了，在秋社时飞去。巧笑，《诗经》里有这样两句形容女子美丽的眼睛和笑容的诗："巧笑倩兮，美目盼兮。"逢迎，相遇。疑怪，难怪。斗草，古代妇女用草来比赛输赢的游戏。因为赢了，所以两个人都笑了。一件小事，把一对青年男女的生活乐趣写得十分生动。宋词写青年欢快生活的极少，这一首大概你们更为乐读吧。

清平乐

红笺小字，说尽平生意。鸿雁在云鱼在水，惆怅此情难寄。　斜阳独倚西楼，遥山恰对帘钩。人面不知何处，绿波依旧东流。

上片记为情人写信，述说平生。相传雁能传书，尺素书外表常为鲤鱼，也代表书信，此句写书信难通。下片写景，惆怅不知收信人在什么地方。人面句来自“人面不知何处去”，人面指女子。

李冠（生卒年代不详）

历城（今济南）人。虽当时有文名，文集已不传。下面一首词的作者，也有多种说法。一说是李煜作。

蝶恋花

遥夜亭皋闲信步，才过清明，渐觉伤春暮。数点雨声风约住，朦胧淡月云来去。　桃杏依稀香暗度。谁在秋千、笑里轻轻语。一寸相思千万绪，人间没个安排处。

写暮春情思，景既写得好，情也写得细。数点两句写得固佳，谁在两句写出了引人爱的少女形象。此景此情，就引起千头万绪的相思，无地可以安排了。王安石曾说张先的“云破月来花弄影”，不如李冠的“朦胧淡月云来去”。

宋祁 （998—1061）

安陆（今属湖北）人，后移居开封雍丘（今属河南）。天圣二年（1024）与兄庠同举进士。曾官翰林学士，史馆修撰，与欧阳修合修《新唐书》。

玉楼春

东城渐觉风光好，縠绉波纹迎客棹。绿杨烟外晓寒轻，红杏枝头春意闹。　浮生长恨欢娱少，肯爱千金轻一笑？为君持酒劝斜阳，且向花间留晚照。

縠绉，织有绉纹的丝绸，这里用来形容波纹。棹，船桨。“红杏枝头春意闹”，把盛开的杏花形容得生动美妙，向称佳句。浮生，飘忽不定的人生。肯爱，岂肯吝惜，全句意思是不惜千金买一笑。末两句对“夕阳无限好”表示惋惜珍爱。

我顺便给你们谈一谈一件童年的故事。我的大姑母家宅后塘边，有一棵很大的杏树，大概比我的年岁还大。杏花盛开时，我总每天去呆望多次，但对这美景不知怎样形容是好。多年后，我读到这句词，惊喜万分，童年的印象又活现在我的眼前了，自然还有许多美好联想。生活不仅是文艺创作的源泉，也是文艺欣赏的源泉，希望你们牢牢记住。

欧阳修 （1007—1072）

字永叔，号六一居士。庐陵（今江西吉安）人。天圣八年（1030）中进士。文章和词均著名。

采桑子

春深雨过西湖好，百卉争妍。蝶乱蜂喧，晴日催花暖欲然。　兰桡画舸悠悠去，疑是神仙。返照波间，水阔风高飏管弦。

全词写西湖景物，情在言外。百卉三句写百花争放，色艳如欲燃的火，蝴蝶乱舞，蜜蜂嗡嗡飞鸣，如见其形，如闻其声，暮春景物，引人入胜。兰桡画舸都是美丽的游船，船上悠游，心情欢快，有如神仙。末两句写夕阳照射广阔水面，风送来管弦乐声，更令人心荡神怡了。

渔家傲

花底忽闻敲两桨，逡巡女伴来寻访。酒盏权将荷叶当，莲舟荡，时时盏里生红浪。　　花气酒香清厮酿，花腮酒面红相向。醉倚绿荫眠一饷，惊起望，船头阁在沙滩上。

首句写听到桨声；逡巡，不一会，女伴来找。三、四句写用荷叶当酒杯，船动时酒在杯里晃荡，借着莲花的光，像红浪在波动。花腮，荷花，酒面，人脸，互相对照，也就是“荷花向脸两边开”，写人美却意在言外。小睡一会，船搁浅在沙滩上了。

长相思

花似伊，柳似伊，花柳青春人别离。低首双泪垂。　　长江东，长江西，两岸鸳鸯两处栖。相逢知几时！

伊人如花似柳，但在青春美好时期，两人离别了，不免令人伤心垂泪。这是人生常有的事，也是常人之情，写得平易自然。下片具体写到身居两地，后会无期，也写得平易自然。但语浅情深，同前一首词对读，似乎可以说“淡妆浓抹两相宜”吧。

踏莎行

候馆梅残，溪桥柳细，草薰风暖摇征辔。离愁渐远渐无穷，迢迢不断如春水。　　寸寸柔肠，盈盈粉泪，楼高莫近危栏倚。平芜尽处是春山，行人更在春山外。

候馆，旅舍。梅花残败，柳叶稀疏（柳细），已是暮春。草薰，草香；摇征辔，骑马前行。下两句写越走远，离愁越像春水一样不断。上片写外出的人，下片写留在家里的女子：柔肠寸断，热泪盈眶。危栏，有危险的高楼栏杆，不要倚靠太近眺望，因为行人越走越远，走完平坦的草地，还有更远的春山，是看不到的了。行、留两人的离愁虽然分开来写，却能融为一体，艺术感染力就大大加深了。

蝶恋花

庭院深深深几许？杨柳堆烟，帘幕无重数。玉勒雕鞍游冶处，楼高不见章台路。　　雨横风狂三月暮，门掩黄昏，无计留春住。泪眼问花花不语，乱红飞过秋千去。

这是写闺怨的词。在旧时代，富贵人家的男子多有冶游的恶习，一般认为无可非议，实际上女子处于被奴役践踏的地位，是十分悲惨的，词为女子写出怨情，还算有可取之处，但谈不上正义的抗争，因为宋代词人也超脱不了时代的恶习。对于这一点，我们要有正确深刻的认识。

宋词多写爱情，但对象多为被恶习践踏的女子，我以为我们读词，应当扬弃这个不幸的基础，以现代净观的态度对待爱情本身，并以当代的道德规范处理爱情问题，简单地说，尊重妇女的平等地位和权利。至于表现的艺术是我们完全可以欣赏借鉴的。

庭院深，但深到怎样呢？下两句似乎就是形容庭院深度的：既有许多杨柳，又有重重帘幕。主人公显然是个富贵人家的公子。玉勒雕鞍，是勒鞍都很华贵，他骑着这样的马冶游去了，因为楼高把章台路都遮得看不清了。章台路是汉长安的一条街，原为游乐场所，以后就是歌伎聚居的地方了。下片就写的是被留深闺的女子的情况了：暮春天气，雨骤风狂，已够凄清；黄昏时闺门紧闭，凄清又进一步加深；留春不住，又进一层；泪眼—问花—花不语，愁的层次又一步一步加深了，末一句就到了顶点：花由盛开到凋落，秋千由嬉戏到空闲了。

蝶恋花

几日行云何处去？忘了归来，不道春将暮。百草千花寒食路，香车系在谁家树？　　泪眼倚楼频独语。双燕来时，陌上相逢否？撩乱春愁如柳絮，依依梦里无寻处。

词写怀念远人，伤怀离别。三设问，感情逐渐深入：何处去、在谁家、相逢否？第三句就痴情毕露，频频自言自语的形象，也就活现在读者的眼前了。

木兰花

别后不知君远近，触目凄凉多少闷。渐行渐远渐无书，水阔鱼沉何处问。　　夜深风竹敲秋韵，万叶千声皆是恨。故倚单枕梦中寻，梦又不成灯又烬。

这首词也是写别恨的。首先写分别，不知相离远近。次写没有书信，连消息也不通了。下片又进一步，连风吹竹叶，也都表达离愁别恨了。末写想在梦中寻求安慰，但已到夜深，灯将熄灭，梦也没有做成。离愁一层比一层更深。

浪淘沙

把酒祝东风，且共从容。垂杨紫陌洛城东，总是当时携手处，游遍芳丛。　　聚散苦匆匆，此恨无穷。今年花胜去年红。可惜明年花更好，知与谁同？

上片写昔日携手同游之乐，首两句欲挽春长留，三句写同游地点，末写同游情况。下片写“人有悲欢离合”，花虽比去年开得更好，“人面不知何处去”了，昔欢更显得今悲。末两句说明年的事就难预料了。过去—现在—将来，三者连写，语少而内涵丰富。

清平乐

小庭春老，碧砌红萱草。长忆小阑闲共绕，携手绿丛含笑。　别来音信全乖，归期前事堪猜。门掩日斜人静，落花愁点青苔。

春老，春天已经迟暮了，台阶上的萱草发红是一种现象。绿丛即花丛，所写情况与前一首词相似。下片写全无音信，旧时相约再见的事难预料了。末两句写寂寞心情及周围情况。

写同样事情，同样情感，因为善于选字用词，仍然可以给读者一种新鲜的感觉，这首词里的“碧砌红萱草”，“携手绿丛含笑”，“落花愁点青苔”，就是如此。所以我们选读两首内容几乎相同的词，要仔细领会作者的遣词用句，同时要识别陈词滥调，这种情形在词里也是常有的。

晏几道 （生卒年代不详）

晏殊的第七子。不践诸贵之门，文章翰墨，自立规模，尤工乐府，有《小山集》。

临江仙

梦后楼台高锁，酒醒帘幕低垂。去年春恨却来时，落花人独立，微雨燕双飞。　　记得小蘋初见，两重心字罗衣。琵琶弦上说相思。当时明月在，曾照彩云归。

头两句写实景，梦后酒醒写人，楼台高锁，帘幕低垂，写房屋内外。却来，再来；这句说春天来了，愁也来了。下面两句诗从翁宏的《宫词》引用，把愁来时人的形象和自然界情况描写得极好，向来为人传诵。引别人诗入乐府是可以的，但要恰到好处，水乳交融。小蘋是歌女的名字，穿的是心字罗衣，对此有不同解释，似以衣上绣有心字图案为好。她善弹琵琶，很能表达爱情。末两句写别时明月曾照彩云（比喻美人，指小蘋）归去，现在明月依旧，彩云却没有踪影了。

蝶恋花

醉别西楼醒不记，春梦秋云，聚散真容易。斜月半窗还少睡，画屏闲展吴山翠。　　衣上酒痕诗里字，点点行行，总是凄凉意。红烛自怜无好计，夜寒空替人垂泪。

这是一首回忆往事的词。首句写醉醒时记不清离开西楼的情形了，但只觉得聚散太容易了，像春梦和秋云一样。下面两句写醒后屋内的情况：斜月照着半窗，画屏上展现着江南美景。衣上酒痕，诗里字，都表现出凄凉的意境。红烛虽然同情自己，却又毫无办法，只有在寒冷的夜里，烛油下泻，似替自己流泪罢了。

鹧鸪天

彩袖殷勤捧玉钟，当年拚却醉颜红。舞低杨柳楼心月，歌尽桃花扇底风。　　从别后，忆相逢，几回魂梦与君同。今宵剩把银釭照，犹恐相逢是梦中。

彩袖，穿彩色衣服的歌女，捧着精美酒杯殷勤劝酒，当年心甘情愿醉酒红脸，是回忆往事。三、四句具体写轻歌曼舞的情形：舞到月亮低落下去，歌到手中的桃花扇不再扇动，也就是歌舞到尽兴了。下片写离别以后，多次梦到曾同歌舞的人。釭，音gāng，后为灯的同义语：剩把（尽力用）银釭照看，还怕相逢是做梦呢。词把聚、别、重逢的心情都写得自然、真挚。

阮郎归

旧香残粉似当初，人情恨不如。一春犹有数行书，秋来书更疏。　　衾凤冷，枕鸳孤，愁肠待酒舒。梦魂纵有也成虚，那堪和梦无。

首两句说人情还不如香和粉持久，下两句即是具体表现。衾凤、枕鸳，即绣凤的被和绣鸳鸯的枕头。末两句说想再在梦中相会，那也是假的，何况连梦也没有呢！孤寂得可以想见了。

少年游

离多最是，东西流水，终解两相逢。浅情终似，行云无定，犹到梦魂中。　　可怜人意，薄于云水，佳会更难重。细想从来，断肠多处，不与者番同。

离别很像流水，虽分流东西，终于还会相逢。浅薄的交情像行云，虽无定处，梦魂中还可一聚。但可惜我心上人的情意却薄于行云流水，佳会难再。这都是为末三句做对衬，写法很特别。者，原为“这”的本字，现在通用“这番”“这个”了。

采桑子

秋来更觉消魂苦，小字还稀。坐想行思，怎得相看似旧时？　　南楼把手凭肩处，风月应知。别后除非、梦里时时得见伊。

首句写秋天思念更苦，书信也更稀少了。坐着和走路时，总是想着怎样才能和旧时一样见面。下片回想以前相见时握手扶肩的情况，这是当时的风月可以做证的。但别后只有在梦里常见了。

秋蕊香

池苑清阴欲就，还傍送春时候，眼中人去难欢偶，谁共一杯芳酒？　　朱阑碧砌皆如旧，记携手。有情不管别离久，情在相逢终有。

春天就要完了，池苑就会有清阴了。但是与心爱的人未能欢聚，能同谁共饮芳杯呢？以前携手处的栏杆和台阶依旧，本来易引起伤感，但转念自慰：只要仍有感情，不管离别得多么长久，终归还会有欢聚的时候。

醉落魄

满街斜月，垂鞭自唱阳关彻。断尽柔肠思归切，都为人人、不许多时别。　　南桥昨夜风吹雪，短长亭下征尘歇。归时定有梅堪折。欲把离愁、细捻花枝说。

街头月斜，天色已经晚了，自己还一面挥鞭，一面唱《阳关三叠》。这时柔肠寸断，思归心切，都因为心爱的人不许离别的时间太长。下片写旅途情形，暂时停歇下来了。这时想到回到家里时，有梅花可以折了，便可细捻花枝，对伊人诉说离愁了。

王诜　（生卒年代不详）

开封人。能诗善画。熙宁二年（1069）娶英宗女魏国大长公主。元丰二年（1079）因与苏轼有牵连被谪放。词清丽幽远，为黄庭坚、周邦彦所称道。

玉楼春

海 棠

锦城春色花无数，排比笙歌留客住。轻寒轻暖夹衣天，乍雨乍晴寒食路。　　花虽不语莺能语，莫放韶光容易去。海棠开后月明前，纵有千金无买处。

锦城指成都，首两句写到处百花盛开，笙歌处处。下两句写天气和气候。下片写莺啼花丛，动静之美和谐，在此大好时光，不要把时间浪费了。一旦海棠花谢，千金也难以买回了。

王观 （生卒年代不详）

如皋（今江苏县名）人。嘉祐二年（1057）进士，官至翰林学士。以填应制词失敬被谪，自号“逐客”。

卜算子

送鲍浩然之浙东

水是眼波横，山是眉峰聚。欲问行人去那边，眉眼盈盈处。　　才始送春归，又送君归去。若到江南赶上春，千万和春住。

鲍浩然，不知何人。之，往。浙东，浙江东南部，宋属浙东路。

词的头两句，用形容美女眼波眉峰的词来形容浙东的水和山。三句说明被送的人到什么地方（去那边即去哪里），四句眉眼指山水，盈盈意为美好，即山明水秀的地方。下片嘱友人若到江南赶上春天，要尽量享受春天的大好时光。

苏轼（1036—1101）

字子瞻，号“东坡居士”，眉山（今属四川）人。嘉祐元年（1056），与弟辙同中进士。他们的父亲洵亦能文，世称“三苏”。他反对王安石变法，也不赞成司马光尽废新法。他仕途坎坷，屡遭贬逐，晚年还谪儋州（今海南省儋县），后被赦北归。病逝于常州。

水调歌头

丙辰中秋，欢饮达旦，大醉。作此篇，兼怀子由。

明月几时有？把酒问青天。不知天上宫阙，今夕是何年？我欲乘风归去，又恐琼楼玉宇，高处不胜寒。起舞弄清影，何似在人间？　　转朱阁，低绮户，照无眠。不应有恨，何事长向别时圆？人有悲欢离合，月有阴晴圆缺，此事古难全。但愿人长久，千里共婵娟！

丙辰，熙宁九年（1076）。达旦，到天亮。子由是苏轼的弟弟辙，字子由。他当时在济南，兄苏轼在密州，兄弟已7年不相见了。

宫阙，宫殿，阙是两边的楼。琼楼玉宇，神仙所住的楼殿。怕天上太冷，受不了，因在地上伴影跳舞，仿佛不像在人间。绮户，雕花的窗户。此两句写月亮转过朱阁，渐渐低落下去了。“不应有恨”两句：月亮不应有恨（无情），为什么偏在人离别时圆呢？说人间不应有恨事，月在离别时常圆，也可以。末两句祝愿人常健好，虽千里遥隔，而能共赏明月（婵娟）。宋人相信，中秋各地天气相同，不论在什么地方，都能共赏明月。别人诗中也有这种意思的句子。

念奴娇

赤壁怀古

大江东去，浪淘尽、千古风流人物。故垒西边，人道是、三国周郎赤壁。乱石穿空，惊涛拍岸，卷起千堆雪。江山如画，一时多少豪杰。　　遥想公瑾当年，小乔初嫁了，雄姿英发，羽扇纶巾，谈笑间，樯橹灰飞烟灭。故国神游，多情应笑我、早生华发。人间如梦，一樽还酹江月。

故垒，旧时的营垒。周郎，吴的周瑜。郎为尊称。赤壁，作者所游所写的赤壁，一名赤鼻矶，在黄州城外，三国赤壁之战在嘉鱼县，二者不同。作者也曾说过，他所谓赤壁，“或曰非也”。千堆雪，形容浪花。上片主要写赤壁和人事沧桑。下片公瑾，即周瑜；小乔，乔是姓，姊妹二人皆国色，小乔嫁了周瑜。英发，擅长辞令。羽扇，羽毛扇，纶（读guān）巾，丝帛做的便帽，都是便服，不是戎装，都是形容周瑜的。下面说樯橹，指曹操方面的战船，顷刻间就被烧光了。故国，指旧战场；神游，心神向往。多情两句的意思是：应笑我多情，早生华发（灰白的头发）。自笑人笑，含蓄而未明说。酹（读lèi），以酒倒地祭奠。

这首词是苏轼在元丰五年（1082）作的，时在谪地黄州。以史抒怀，悲怆而又豪放，是苏轼有代表性的作品之一。

临江仙

夜饮东坡醒复醉，归来仿佛三更。家童鼻息已雷鸣，敲门都不应，倚杖听江声。　　长恨此身非我有，何时忘却营营？夜阑风静縠纹平，小舟从此逝，江海寄余生。

东坡，是地名，苏轼用作自己的号。这时苏轼在黄州，在东坡建筑雪堂。词题《夜归临皋》（临皋为江边的另一地名），大概雪堂尚未建好，故去临皋夜宿。词上片写在那里醉酒的情形：倚杖听江声，可见诗人的潇洒风度。下片抒情。叹自己身非己有，因谪居有罪，不能自由。营营，过乱糟糟的生活。愿夜深风平浪静，乘小船到江海上度过余生。

鹧鸪天

林断山明竹隐墙，乱蝉衰草小池塘。翻空白鸟时时见，照水红蕖细细香。　　村舍外，古城旁，杖藜徐步转斜阳。殷勤昨夜三更雨，又得浮生一日凉。

首句写树林遮不断远山，而竹子却把墙遮住了。乱蝉，秋蝉声乱鸣。翻空白鸟，白鹭在天空飞舞，红莲映水发香。下片写诗人在斜阳下扶手杖缓步，感到昨夜下雨，天气凉爽了，心情畅快。诗意清新。

浣溪沙

麻叶层层苘叶光，谁家煮茧一村香。隔篱娇语络丝娘。

垂白杖藜抬醉眼，捋青捣麨软饥肠，问言豆叶几时黄。

苘（读qǐng），麻的一种，也叫白麻。煮茧，蚕茧放在开水内煮。络丝娘，是一种鸣虫，亦称纺织娘，这里指缫丝的女郎，她们隔着篱笆说话。垂白，须发斑白的老人；杖藜，扶藜茎的手杖。捋（读luō）青，摘取新麦；捣麨（读chǎo），将麦炒熟捣成粉。软饥肠，古有“软脚”一词，意表慰劳，所以这三个字有略慰饥肠之意。这里可以看出诗人有怜惜贫苦农民的心情。所以末句问“豆叶几时黄”，既表慰问，也表希望丰收。

宋词写生产劳动的多为采莲采菱，并总与青年男女爱情联系，像这首词写煮茧收麦，是罕见的，所以生僻的字虽多，我还是选给你们一读。煮茧收庄稼我都多次见到过，比你们读起来，觉得亲切多了。

贺新郎

乳燕飞华屋，悄无人，桐阴转午，晚凉新浴。手弄生绡白团扇，扇手一时似玉。渐困倚，孤眠清熟，帘外谁来推绣户？枉教人，梦断瑶台曲。又却是，风敲竹。

石榴半吐红巾蹙，待浮花浪蕊都尽，伴君幽独。秾艳一枝细看取，芳意千重似束。又恐被、秋风惊绿，若待得君来向此，花前对酒不忍触。共粉泪，两簌簌。

乳燕，小燕子；飞华屋，在华美的房屋中学飞。桐阴转午，从桐树的影子看到时间已到午后了。生绡白团扇，用生丝制作的白团扇。帘外谁来……风敲竹，以为有谁来，其实并无人来，而是风吹竹声。瑶台，传说中仙人的住处，曲，又深又曲的地方。红巾，比喻石榴花，此句意为石榴花半开。浮花浪蕊都尽，桃杏等花都已凋谢，只有石榴花和幽独的人做伴了。秾艳两句是形容盛开的色艳石榴花的。又恐句意为秋风一起，不仅万紫千红的花凋谢，连万绿（指叶）也要消失了。若，有假设的意思，假如君（指远人）那时前来，就不忍在花前对饮，而要双双流泪了。

蝶恋花

花褪残红青杏小，燕子飞时，绿水人家绕。枝上柳棉吹又少，天涯何处无芳草。　　墙里秋千墙外道，墙外行人，墙里佳人笑。笑渐不闻声渐悄，多情却被无情恼。

词写晚春时节一个生活片断。花褪残红，花凋落了，而青杏还小。柳棉，即柳絮，及下句都写春色已晚。下片写在墙外行走时，听到墙内有人打秋千说笑，动了爱慕的心。墙内人笑语声停止了，似乎无情，墙外的多情人却感到烦恼了。

江城子

乙卯正月二十日夜记梦

十年生死两茫茫，不思量，自难忘。千里孤坟，无处话凄凉。纵使相逢应不识，尘满面，鬓如霜。　夜来幽梦忽还乡，小轩窗，正梳妆。相对无言，惟有泪千行。料得年年断肠处，明月夜，短松冈。

乙卯是熙宁八年（1075），苏轼在密州（今山东诸城县），他的妻子王弗，死去整10年。两茫茫，彼此不通消息。王弗葬在四川彭山县，所以说千里孤坟，无法凭吊。下片写做梦还乡的情况。短松冈，指妻子埋葬的地方。苏轼不写艳情诗，但从这首词看来，他对妻子的感情是深厚真挚的。

江城子

密州出猎

老夫聊发少年狂，左牵黄，右擎苍，锦帽貂裘，千骑卷平冈。为报倾城随太守，亲射虎，看孙郎。　　酒酣胸胆尚开张，鬓微霜，又何妨，持节云中，何日遣冯唐？会挽雕弓如满月，西北望，射天狼。

左牵黄，右擎苍，左手牵着黄狗，右臂擎着苍鹰。锦帽貂裘是猎装，千骑，千匹马。倾城是万人空巷，随太守（苏轼当时是密州太守）出猎。亲射虎，看孙郎，用三国时吴孙权射虎的故事，作者以孙权自比，正是少年狂的姿态。酒酣三句是首句的具体补充。持节两句，先讲节是竹竿做的，使者拿着它作为信号，传达命令。这里也牵涉一段历史故事。

《史记》记载，汉文帝派冯唐持节赦魏尚，恢复他的官职。两句合起来的意思是：哪一天皇帝会派冯唐这样的人持节前来，赦免自己并任以官职，以便像末句所说的立功呢？天狼，狼星，古代天文学家认为主侵掠，不祥之兆，这时西夏正侵扰宋朝，地又在西北方，似乎有去边疆立武功的意思。

顺便说一下，首句作者自称“老夫”，其实那时他不过39岁，只刚到中年。古时诗人有叹老的习性，不时在诗词中透露出来，你们了解这一点就可以了。“人生七十古来稀”嘛，那时人不如现在寿长。

李之仪 （1038—1117）

沧州无棣（今山东县名）人。宋神宗时举进士。曾在定州苏轼幕府中任职。徽宗初年，以文章获罪。晚年住在当涂。自号“姑溪居士”，著有《姑溪词》。

卜算子

我住长江头，君住长江尾，日日思君不见君，共饮长江水。　　此水几时休？此恨何时已？只愿君心似我心，定不负，相思意。

完全是民歌格调，清新自然。顾夐的《诉衷情》中有这样三句：“换我心，为你心，始知相忆深。”意与末两句相似。

清平乐

仙家庭院，红日看看晚。一朵梅花挨枕畔，玉指几回拈看。　　拥衾不比寻常，天涯无限思量。看了又还重嗅，分明不为清香。

一个生活细节，写出无限情思，语浅情深，耐人寻味。

黄庭坚　（1045—1105）

洪州分宁（今江西修水县）人。治平四年（1067）举进士。晚年两遭贬谪，卒于宜州（今属广西）。与张耒、晁补之、秦观共称为苏（轼）门四学士。尤长于诗。称“苏黄”，世称“江西诗派之祖”。陈后山以之与秦观共称“秦七、黄九”。

水调歌头

瑶草一何碧，春入武陵溪。溪上桃花无数，花上有黄鹂。我欲穿花寻路，直入白云深处，浩气展虹霓。只恐花深里，红露湿人衣。　　坐玉石，欹玉枕，拂金徽。谪仙何处？无人伴我白螺杯。我为灵芝仙草，不为朱唇丹脸，长啸亦何为！醉舞下山去，明月逐人归。

仙草何等碧绿呵，春天到武陵溪游玩。这里武陵溪并非实际的地方，只是暗示陶渊明在《桃花源记》中所写的世外桃源。下两句写这个地方的实景：无数桃花盛开，花丛中还有黄鹂歌唱。这是远隔尘寰，鸟语花香的仙境似的地方，把瑶草生地进一步形象化了。这景物引起词人脱离尘寰，直上白云深处，一展彩虹似的浩气和幻想。但一转念，又有了苏轼的“又恐琼楼玉宇，高处不胜寒”的情绪，也就是没有完全抛弃人间的意思。所以“只恐花深处，红露湿人衣”。下片写自己倚坐在洁白如玉的石上，弹琴自娱。谪仙指李白，没有他用白螺壳杯同饮，又觉得人间寂寞，言外自然有不满之意。下面的“灵芝仙草”，代表世外桃源中的美好事物；“朱唇丹脸”代表醇酒妇人，也就是人间尘俗的一切，徒自长啸，有什么用处呢！因此明月逐我，醉舞下山去了。

清平乐

春归何处？寂寞无行路。若有人知春去处，唤取归来同住。　春无踪迹谁知？除非问取黄鹂。百啭无人能解，因风飞过蔷薇。

无行路，见不到春的行踪。啭，婉转鸣叫，声音好听，但不解其意。因风，随着风。为什么要问黄鹂呢？有这么一个故事，或者可以说明意义。有个戴颙，带着柑和酒外出，有人问他到什么地方去，他说去听黄鹂，因为它的鸣声既可砭责俗人的耳朵，也可以引起诗兴。

江城子

画堂高会酒阑珊。倚阑干，霎时间。千里关山，常恨见伊难。及至而今相见了，依旧似，隔关山。　　倩人传语问平安。省愁烦，泪休弹，哭损眼儿不似旧时单。寻得石榴双叶子，凭寄与，插云鬟。

画堂酒酣，倚阑干霎时一见，便对伊有情，恨关山遥隔难见。等到再见，仍旧觉得像关山遥隔，而伊人未必有同感。因此，只好倩人传语代问平安，但不要愁烦弹泪，哭坏了眼睛，因为还在单独想着，且再寄去石榴双叶，希望她插戴发上吧。

好女儿

春去几时还？问桃李无言。燕子归栖风劲，梨雪满西园。　　惟有月婵娟。似人人、难近如天。愿教清影常相见，更乞取团圆。

风劲，风力大，所以燕子归巢。梨雪满西园，西园地上落满衰谢的梨花。月亮美好，远在天上，伊人像月难以接近。愿能常见月亮清影（借指伊人），更求能够团圆（相爱）。

晁端礼 （1046—1113）

一作元礼，钜野（今山东巨野）人。熙宁六年（1073）举进士，曾任过县令。

安公子

渐渐东风暖，杏梢梅萼红深浅。正好花前携素手，却云飞雨散。是即是，从来好事多磨难。就中我与你才相见，便世间烦恼、受了千千万万。　　回首空肠断，甚时与你同欢宴？但使人心长在了，管天须开眼。又只恐、日疏日远衷肠变，便忘了当本深深愿。待寄封书去，更与丁宁一遍。

上词基本上是用口语写的，在诗词中罕见。唐朝有一位诗人王梵志，用口语写了很多首诗，有些富于幽默、讽刺。我给你们举一个例子："我有一个方便，价值百匹练。相打长伏弱，至死不入县。"打架宁肯自己吃亏，也不到衙门里打官司，衙门里的情形，不就可想而知了吗？这词的内容是普通人的普通感情，所以也颇自然。

李元膺 （生卒年代不详）

东平（今属山东）人。只知约1096年前后在世。

茶瓶儿

悼亡

去年相逢深院宇，海棠下，曾歌《金缕》，歌罢花如雨。翠罗衫上，点点红无数。　今岁重寻携手处，空物是人非春暮。回首青门路，乱红飞絮，相逐东风去。

上片写携手同歌的欢乐。《金缕》，曲名："劝君莫惜金缕衣，劝君惜取少年时。"你们曾经读过的。下片写物是人非，又是暮春时候，只见落花飞絮了。

秦观 （1049—1100）

字少游，号“淮海居士”。高邮（今属江苏）人。元丰八年（1085）进士。以苏轼推荐，曾任太学博士兼国史编修官。曾遭贬谪，又被召回。卒于藤州（今属广西）。

满庭芳

山抹微云，天连衰草。画角声断谯门。暂停征棹，聊共引离尊。多少蓬莱旧事，空回首，烟霭纷纷。斜阳外，寒鸦数点，流水绕孤村。　销魂。当此际，香囊暗解，罗带轻分，漫赢得青楼薄幸名存。此去何时见也？襟袖上空染啼痕。伤情处，高城望断，灯火已黄昏。

首两句写山上涂抹上缕缕浮云，枯草在远处仿佛粘在天上，天色写得细致。画角，号角；谯门，彩绘的城楼门角声已停，表示天已晚了。接着写把船暂停住，共长时间喝送别的酒。蓬莱原为海上仙岛，这里只说回想起过去的欢乐，空回首，想也白想了，因而转目外望，下面几句的描写是很出色的。隋炀帝有断句："寒鸦飞数点，流水绕孤村。"此词似借用诗句。下片香囊暗解，指离别时赠香囊做纪念；罗带，即丝带，古时相结表示相爱，分开则表示离别之意。"漫赢得青楼薄幸名存"自然会使人想到杜牧的诗句："十年一觉扬州梦，赢得青楼薄幸名。"这是多少世纪的时代恶习，是古典诗词中应当扬弃的糟粕，我还选给你们读，只是泼洗澡水不能把婴儿也一同泼出去之意耳。

秦观因此词首句，被苏东坡称为："山抹微云秦学士"与"露花倒影柳屯田"相对。"露花倒影"系柳永《破阵子》词中句。

江城子

西城杨柳弄春柔，动离忧，泪难收。犹记多情曾为系归舟。碧野朱桥当日事，人不见，水空流。　韶华不为少年留，恨悠悠，几时休？飞絮落花时候一登楼。便做春江都是泪，流不尽，许多愁。

首句写杨柳被春风吹动，姿态轻柔。外出回来，多情人为系归舟，情景多么宜人。现在碧色田野和朱色小桥依然如旧，却不见多情人了，水也白白流动，不如系舟时动人了。下片写美好时光（韶华）飞逝，离愁无穷。絮飞花落，已是暮春，登楼一望，觉得满江春水都是流不尽的眼泪。

鹊桥仙

纤云弄巧，飞星传恨，银汉迢迢暗度。金风玉露一相逢，便胜却人间无数。

柔情似水，佳期如梦，忍顾鹊桥归路？两情若是久长时，又岂在朝朝暮暮。

纤云指秋天的薄云，弄巧指它多彩善变；飞星应是指牵牛、织女星；传恨，指长时离别之恨。相传牛郎织女相爱，触怒王母娘娘，把他们用银河分开，每年七月七日夜，才能过鹊桥一会。金风，秋风；玉露，露珠；代表二人，一相会，便胜过人间无数次会晤，表示他们爱情的深笃。下片前三句形容他们的恩爱，自然也有惜别情绪；忍顾是不忍回顾要归去所走的鹊桥。

以牛郎织女的故事写诗词的人很多，此词写一年一会，胜过平常的朝夕相处，很有新意。神仙天长地久，“人生七十古来稀”也是“胜却人间无数”。

踏莎行

郴州旅舍

雾失楼台，月迷津渡，桃源望断无寻处。可堪孤馆闭春寒，杜鹃声里斜阳暮。　　驿寄梅花，鱼传尺素，砌成此恨无重数。郴江幸自绕郴山，为谁流下潇湘去。

郴州，今湖南郴县。首句意为雾遮住了楼台，次句意为月色不明，看不清渡口。桃源既可指桃花源，理想的胜地，也可指作者北望故乡，有了乡愁。可堪两句写独居孤馆，耐着春寒，日近黄昏，又听到杜鹃鸣声，而这种鸣声常引起人的乡思，情景凄清。下片“驿寄梅花”，有一段很美的故事，我给你们讲讲吧。吴陆凯同范晔是很要好的朋友，有一天吴折得一枝梅花，托驿站的人代送给范晔，并附赠一首诗："折梅逢驿使，寄与陇头人。江南无所有，聊赠一枝春。"以后传为友谊佳话。尺素是书信，外封多作鲤鱼形，破鱼可以看到信。砌，堆积起来。郴江，在郴州，流入湘水。幸自，本来。潇湘，湘水流向北方，到零陵同潇水会合，称潇湘。词的末两句大意是：郴江原是绕着离郴州不远的郴山流的，为什么要流向远处的潇湘呢？作者当时被贬谪到郴州，心情苦闷，叹自己困在郴州，不能像郴江一样向远处畅流。

浣溪沙

漠漠轻寒上小楼，晓阴无赖似穷秋。淡烟流水画屏幽。
自在飞花轻似梦，无边丝雨细如愁，宝帘闲挂小银钩。

轻寒远远地侵入小楼，早晨天又阴，令人无可奈何，好像已经是晚秋了。淡烟流水是屏风上的景色。落花似梦，细雨如愁，写物也就表现了人的愁思，比直写更有诗意。末句是用小银钩挂起门帘，也是用外在动作表现内心寂寞。

南歌子

赠陶心儿

香墨弯弯画，燕脂淡淡匀，揉蓝衫子杏黄裙，独倚玉阑无语，点檀唇。　　人去空流水，花飞半掩门。乱山何处觅行云？又是一钩新月、照黄昏。

首句写画眉，二句写敷脂粉，三句写服装。檀为赭红色，作为口红，点在唇间，最为明显。上片只写美女。下片写人去如流水，无处寻觅，只有新月照着黄昏，寂寞离愁自在言外。

行香子

树绕村庄，水满陂塘。倚东风，豪兴徜徉。小园几许，收尽春光。有桃花红，李花白，菜花黄。　　远远苔墙，隐隐茅堂。飏青旗，流水桥傍。偶然乘兴，步过东冈。正莺儿啼，燕儿舞，蝶儿忙。

词写生活环境和生活情趣，如临其境，如见其人。

好事近

梦中作

春路雨添花，花动一山春色。行到小溪深处，有黄鹂千百。　　飞云当面化龙蛇，天矫转空碧。醉卧古藤阴下，了不知南北。

路上的花，因下雨生长得更为茂盛了，花被风吹动，春色满山。走到小溪水深处，还有千百只黄鹂，景色更加美丽。仰望天空，浮云似龙似蛇，千变万化，浮云飞去后，天空却变成了碧色。末句写醉卧藤下，不知天南地北了。梦境写得十分出色。

赵令畤 （1061—1134）

宋太祖次子燕王德昭玄孙。苏轼为改字德麟，自号“聊复翁”。苏轼推荐他任官职，轼贬，他被处罚金。

菩萨蛮

轻鸥欲下春塘浴，双双飞破春烟绿。两岸野蔷薇，翠笼薰绣衣。　凭船闲弄水，中有相思意。忆得去年时，水过初别离。

海鸥想下水塘洗浴，双双穿过春烟飞舞，轻、春、飞破、绿，都用字巧妙。上片实写水边初别情况。下片划船弄水，引起相思，忆起去年旧事，就情景交融了。

贺铸（1052—1125）

字方回，卫州（今属河南）人。他自说是唐诗人贺知章的后代。家藏书万余卷，手自校雠，无一字误。黄庭坚诗："解道当年断肠句，只今惟有贺方回。"又因青玉案词有"梅子黄时雨"，人称为"贺梅子"。

青玉案

凌波不过横塘路，但目送、芳尘去。锦瑟华年谁与度？月台花榭，琐窗朱户，只有春知处。　　碧云冉冉蘅皋暮，彩笔新题断肠句。试问闲愁都几许？一川烟草，满城风絮，梅子黄时雨。

词写同美人离别。凌波形容女子的行路姿态。横塘，在姑苏城外10余里，贺铸小筑所在的地方名。目送芳尘去，眼看着她行时脚下引起的尘土越离越远。锦瑟原为乐器，以它比喻美好的青春，与谁共度，同什么人同度呢？月台，赏月的平台；花榭，花房；琐窗朱户，雕花的窗，朱漆的门；只有春知处，别人不知也不会到。冉冉，流动貌；蘅皋，香草之泽，即水边风景美好的地方。末句以遍地衰草、满城柳絮、梅雨等形象地形容闲愁。

西江月

携手看花深径，扶肩待月斜廊。临分少伫已怅怅，此段不堪回想。　　欲寄书如天远，难销夜似年长。小窗风雨碎人肠，更在孤舟枕上。

这词也是写离愁别恨的，先写看花待月，分手时已感怅怅，分后已不堪回首了。下片深入一步，觉得夜长似年，孤舟风雨之夜不能入睡。

忆秦娥

晓朦朦，前溪百鸟啼匆匆。啼匆匆，凌波人去，拜月楼空。去年今日东门东，鲜妆辉映桃花红。桃花红，吹开吹落，一任东风。

这词也是写离愁的，只是情景与前一首略有不同。离愁的情景本来千变万化，所以词中反复写的很多，当然不能首首都写得出色。

石州引

薄雨初寒，斜照弄晴，春意空阔。长亭柳色才黄，远客一枝先折。烟横水际，映带几点归鸦，东风销尽龙沙雪。还记出门来，恰而今时节。　将发。画楼芳酒，红泪清歌，顿成轻别。已是经年，杳杳音尘多绝。欲知方寸，共有几许清愁，芭蕉不展丁香结。枉望断天涯，两厌厌风月。

微雨天刚刚有点冷，傍晚天晴，有了斜阳，远近都充满了春意。驿站柳色才黄，远客折柳话别。下几句写出关正是在这时节，当时的景色是：水边有朦胧烟雾，雾中有几只归鸦，边远地区的雪已经化完了。下片写别时情景，别已经年，而音信杳杳，引李商隐诗句“芭蕉不展丁香结”形容自己的离愁。

下面我们只当一个故事讲讲吧。宋代吴曾写了一本《能改斋漫录》，书中记：“方回（即贺铸）恋一姝（女郎），别久，姝寄诗云：‘独倚危阑泪满衿，小园春色懒追寻。深思纵似丁香结，难展芭蕉一寸心。’贺因赋此词，先叙分别时景色，后用所寄诗语有‘芭蕉不展丁香结’之句。”这类逸闻多半是不可靠的，我姑妄言之，你们也就姑妄听之吧。

你们为啥有点愁眉不展呀？这个愁眉不展，你们容易懂，因为学校作业太难太多，考试看不清意思，答不上来，你们都会愁眉不展。芭蕉和丁香同愁有什么相干呢？我给你们解释一下吧。

唐朝诗人张说的《戏草树》诗中有这样两句：“戏问芭蕉叶，何愁心不开。”所以芭蕉不展就代表心里有愁的意思了。南唐词人李璟写过一首《浣溪沙》，其中有一句：“丁香空结雨中愁”，所以“丁香结”也就表示愁了。

鹧鸪天

重过阊门万事非，同来何事不同归？梧桐半死清霜后，头白鸳鸯失伴飞。

原上草，露初晞，旧栖新垄两依依。空床卧听南窗雨，谁复挑灯夜补衣？

阊门，苏州西北的城门。梧桐半死，比喻丧失配偶，下句也就做了解释了，因为鸳鸯向指夫妻，失伴就是丧偶了。梧桐半死的意思，像芭蕉丁香一样，还要多解释几句才明白。枚乘写的《七发》中，有这样一句：“龙门之桐……其根半死半生。”庾信《枯桐赋》中有一句“桐何为而半死”。二者都是比喻丧失配偶的。他们都是古代作赋的文人。在唐人诗中，就有诗句：“半死梧桐老病身。”下片露初晞即露水刚干；旧栖，旧时同住的屋；新垄，死者的新坟；两依依，二者都令人怀念。最后写一句家常事，感情就表现得更为真挚、亲切近人了。

仲殊 （生卒年代不详）

原姓张名挥，安州（今湖北安陆）人，曾中进士，后弃家为僧，居杭州吴山宝月寺，东坡常与之游。崇宁中，忽上堂辞众，晚自缢身亡。名家选词中多称“僧挥”。

踏莎行

浓润侵衣，暗香飘砌，雨中花色添憔悴。凤鞋湿透立多时，不言不语厌厌地。　　眉上新愁，手中文字，因何不倩鳞鸿寄？想伊只诉薄情人，官中谁管闲公事！

浓重的潮湿气侵入衣服，台阶上飘着不知哪里传来的香味，雨中花的颜色显得有点衰败了。一个女子鞋湿透了，还在水里站立很久，无精打采地不言不语。她愁眉苦脸，手里拿着写好的文字，为什么不托鱼雁寄出呢？想来她是要控诉薄情人，但衙门里有谁管这等闲事！被薄情人遗弃的女子无处申诉的可悲情况，写得平易近人。

晁补之 （1053—1110）

济州钜野（今山东巨野县）人。元丰二年（1079），举进士。苏轼门下四学士之一。受贬谪，归隐东皋。有《琴趣外篇》6卷，自称“词之佳者，未必不如秦七、黄九”。

盐角儿

亳社观梅

开时似雪，谢时似雪，花中奇绝。香非在蕊，香非在萼，骨中香彻。　　占溪风，留溪月，堪羞损、山桃如血。直饶更、疏疏淡淡，终有一番情别。

社，祭祀土地神之庙；在亳，因名亳社。上片写梅的色与香。下片写梅占领风月，使色艳的山桃羞愧。末几句写梅的品格高超。

生查子

夜饮别佳人，梅小犹飘雪。忍泪一春愁，过却花时节。
相见话相思，重与临风月。休似那回时，无事还轻别。

别后始知离别苦，情思缠绵。再见相约不再轻别。

周邦彦 （1056—1121）

钱塘人，字美成。少即英隽有才。元丰二年（1079）入都为太学生。4年后献《汴都赋》歌颂汴京及新法。司马光旧党执政，遭废黜。哲宗、徽宗朝政治上又较为顺利。卒于南京（今河南商丘）。好音乐，能自度曲。

少年游

并刀如水，吴盐胜雪，纤指破新橙。锦幄初温，兽烟不断，相对坐吹笙。

低声问：向谁行宿？城上已三更，马滑霜浓，不如休去，直是少人行。

并刀，并州在今山西太原一带，以刀剪著名。如水，形容刀光闪亮如水，极为锋利。吴盐，吴地产的盐；胜雪，比雪还白。橙味酸，以盐减其酸味。锦幄，锦帐。兽烟，兽形炉内熏香的烟。下片挽留不走。

这首词写景富于诗的联想，如首句使人想起杜甫的诗句："焉得并州快剪刀，剪取吴淞半江水。"（《戏题王宰画山水图歌》）第二句使人想起李白的诗句："玉盘杨梅为君设，吴盐如花皎如雪。"（《梁园吟》）这就为全词创造出了诗的气氛，净化、美化了要写的事件和人物。下面的几句描写，同这种气氛是完全和谐一致的。下片只写女子的几句话，真是温情脉脉，体贴入微，一副温文尔雅的姿态。我们知道，照当时的习俗，这女子只是一个有名的歌伎，宋徽宗还幸其家，但她的形象被描绘成出污泥而不染的白莲。这就是艺术的升华作用。

玉楼春

桃溪不作从容住，秋藕绝来无续处。当时相候赤阑桥，今日独寻黄叶路。

烟中列岫青无数，雁背夕阳红欲暮。人如风后入江云，情似雨余粘地絮。

关于桃溪，先给你们讲一个故事吧。刘晨和阮肇两个人同到天台山游玩，山上有桃花，山下有溪水，风景是很美丽的。他们看到溪边有两位美貌女郎，交谈后，他们在山上住了半年，才下山回去。到了家乡，房屋完全变样了，原来的亲友，一个也找不到了。好不容易才找到一位七世孙，才知道传说他们上山以后迷了路，一直没有再回来，人们以为他们早死了。（刘义庆《幽明录》）有些书虽然把这首词题为《天台》，但看内容并不是咏天台这段故事，而是写自己的生活。

首句桃溪并非地名，只是借用这个故事，写曾与情人同住的地方，全句意思是没有在这个地方从容久住。第二句以秋藕绝比喻二人关系断了，不是像俗语所说，藕断丝连，而是无续处了。第三句与第一句联，回忆在桥上等候相会，赤色的阑干，使人感到欢乐。第四句与第二句联，写目前，只能独寻了，黄叶自然表示秋，也有凄凉的意思。但《绝妙词选》第三句作“当时无奈鸟声哀”，那就二三四句连成一气，都表示凄凉了。

下片前两句接着写景，也就是独寻所见，为末两句抒情做了准备。看到的是烟霞中无数青山，欲暮的红日下一群飞雁。这使读者会想到："平芜尽处是青山，行人更在青山外。""鸿雁在云鱼在水，惆怅此情难寄。"末两句写昔日的情人像云一样被风吹走不见了，自己呢？心情却像雨后粘在地上的柳絮了。

全词（八句，每两句均对衬）结构工整而灵活，用词的对比（赤阑桥、黄叶路、列岫青、夕阳红）也极精巧，文学联想尤使内涵丰富多彩。

夜游宫

叶下斜阳照水，卷轻浪，沉沉千里。桥上酸风射眸子，立多时，看黄昏，灯火市。　　古屋寒窗底，听几片、井桐飞坠。不恋单衾再三起，有谁知、为萧娘、书一纸。

上片写景及黄昏时活动：树叶下斜阳照耀着水面，细浪滚滚千里，人立在桥上看黄昏时的城市灯火。酸风射眸子的滋味，没有经验过是写不出的，我确知这个细节写得十分真实，增加了亲切感。下片写夜间听梧桐落叶，不眠的心情就表达出来了，末句说出原因，原来因为情人（萧娘泛称）没有来信。

鹤冲天

梅雨霁，暑风和，高柳乱蝉多。小园台榭远池波，鱼戏动新荷。　　薄纱厨，轻羽扇，枕冷簟凉深院。此时情绪此时天，无事小神仙。

天气清和，亭园幽静，蝉鸣柳杪，鱼戏新荷，枕冷席凉，手摇羽扇，真是神仙境界。

苏幕遮

燎沉香，消溽暑。鸟雀呼晴，侵晓窥檐语。叶上初阳干宿雨，水面清圆，一一风荷举。　　故乡遥，何日去？家住吴门，久作长安旅。五月渔郎相忆否？小楫轻舟，梦入芙蓉浦。

词写乡思。沉香，一种香木材，燃烧发出香味。溽暑，潮湿而炎热。三四句写仿佛鸟雀破晓时在檐下鸣叫，也欢呼天晴了。下面写初出太阳已使叶上昨夜的雨干了，池水清澈，荷花在风中直立起来了。下片描写乡愁。作者是钱塘人，家在旧吴国属地，今浙江省。长安借指都城汴京。渔郎，以前一同垂钓的伴侣，现在还记着我吗？我还做梦，乘着小船在荷花塘里游玩呢。

点绛唇

台上披襟，快风一瞬收残雨。柳丝轻举，蛛网粘飞絮。　　极目平芜，应是春归处。愁凝伫。楚歌声苦，村落黄昏鼓。

惜春归去，主要以景表情。末插入一个细节，同愁怀不展，久久站在那里，向青草平原远处看望，寻觅春的归处，还是和谐一致的。

李新 （生卒年代不详）

仙井（今四川仁寿）人。元祐三年（1088）进士。

临江仙

杨柳梢头春色重，紫骝嘶入残花。香风满面日西斜。只知闲信马，不觉误随车。　　已许洞天归路晚，空劳眼惜眉怜。几回偷为掷花钿。今生应已过，重结后来缘。

紫骝，骑的紫色马。上片写让马信步前跑，没有追随女子的车。下片说女子虽眉目传情，自己也抛去发上装饰品，都已无用，只好期待再生缘分了。

鲁迅先生写过一篇《唐朝的钉梢》，说唐代词人张泌所写一首《浣溪沙》，实际就是上海当代所谓钉梢的情况。我为你们选讲了这首词，不过想使你们了解一点时代的生活方式和习惯，对了解文艺有点用处。上面李新这首词写的实际也就是这个内容，可见宋朝也此风不改。我曾经给你们说过，以前历代都有宿娼恶习，宋词所写的女子多为歌伎，但这些时代的牺牲者有比较高的文化修养，能歌善舞，往往也有很好的品格，如周邦彦在《少年游》中所写。我们不读宋词则已，读就难免要读些此类作品。

我们读这类文学作品，第一要严格把它们同色情下流的文字分开。第二要对爱情持净观态度，认为是人性中纯洁而正当的感情。第三要从自己做起，使两性交际有正当的道德规范、文雅的方式、健康的身心几方面的平衡发展，进而改进社会风气。

浣溪沙

雨霁笼山碧破赊，小园围屋粉墙斜，朱门闲掩那人家。
素腕拨香临宝砌，层波窥客擘轻纱。隔窗隐隐见簪花。

上片写“那人家”：雨霁山碧，歪斜粉墙围着有小园的房屋，红漆门掩闭着。下片写“那人”：站在台阶上以手拨花，眼睛看着外面的人，从窗外隐隐约约可以看见她在向头发里插花。

曹组　（1125年左右在世）

阳翟（今属河南）人。宣和三年（1121）进士。他的词在北宋末很流行，但他的《箕颍集》已佚，现尚有辑本《箕颍词》。

卜算子

兰

修竹翠萝寒，迟日江山暮。幽径无人独自芳，此恨凭谁诉？　似共梅花语，尚有寻芳侣。著意闻时不肯香，香在无心处。

这首词又见辛弃疾的《稼轩词》。但“凭谁诉”作“知无数”；“似”作“只”；“尚有寻芳侣”作“懒逐游丝去”；“闻时”作“寻春”；“无心处”作“无寻处”。兰花往往生于幽谷，自开自谢，无人观赏，向谁诉说这种恨事呢？下片说兰似向梅花诉说，它还有人去寻访呢，不像自己寂寞。这使人想到杜甫的诗句：“巡檐索共梅花笑。”著意，有意闻不到香，无心却闻到香味，也就是“无人独自芳”的意思。

品令

乍寂寞，帘栊静，夜久寒生罗幕。窗儿外、有个梧桐树，早一叶、两叶落。　　独倚屏山欲寐，月转惊飞乌鹊。促织儿、声响虽不大，敢教贤、睡不着。

刚刚感觉到寂寞，又室静寒生，窗外梧桐落叶报秋，自然寂寞之感就加深了。独自倚靠着屏风想睡，月移惊飞乌鹊，自然睡不着了。何况促织鸣声虽小，正闹得您（贤，第二人之敬称）睡不着觉。把不眠寂寞感逐步加深，写得十分自然。

苏过 （1072—1123）

苏轼之子，时称“小坡”，自号“斜川居士”。

点绛唇

新月娟娟，夜寒江静山衔斗。起来搔首，梅影横窗瘦。
好个霜天，闲却传杯手。君知否，乱鸦啼后，归兴浓于酒。

关于这首词的作者是有争论的，这种情形常有，我们无法细究，只好认定一人。首两句写景极佳，写到了月色、江水、天气、山和北斗，山衔斗就是北斗星紧紧靠着山峰，斗像勺子，仿佛山把它衔在嘴里一样。起来搔首，使人有寂寞凄清之感，梅影横穿，就把这种感情形象地深化了。下片头两句写在这样好天气，却没有人共饮消愁，是寂寞之感又深入了一层。乱鸦啼即使没有什么言外的含意，也够使人心绪乱糟糟的了。若作者果为苏轼之子，在轼因政治关系而文章被禁的时候，乱鸦啼也可有政争议论纷纷的含意。末句不如归去的意思是很显然的。周笃文选注的《宋百家词选》定此词作者为汪藻，乱鸦句讽刺攻击作者的论客。

万俟咏 （生卒年代不详）

他的姓读音是万俟（读 mò qí），名咏，字雅言，号词隐。黄庭坚（山谷）称他为一代词人，但他的《大声集》已佚，仅存词27首。

诉衷情

一鞭清晓喜还家，宿醉困流霞。夜来小雨新霁，双燕舞风斜。　山不尽，水无涯，望中赊。送春滋味，念远情怀，分付杨花。

清早骑马挥鞭，为还家感到高兴，回叙前夜因为高兴，饮酒（流霞为酒的泛称）醉了。三四句写清早路上所见景色：夜雨初晴，燕子双双在风中飞舞，这同他的欢乐心情是一致的，写景也就有抒情的意味了。下片前三句写途中山多水阔，眼中路途遥远，是写途中很艰苦。赊字是遥远的意思，李白的《扶风豪士歌》中就有这样两句诗：“我亦东奔向吴国，浮云四塞道路赊。”这样插叙一下途中艰苦，就使末三句所表现的欢乐深化了。送春滋味，念远情怀，都是凄苦的，但现在都不在话下，交付给柳絮，随风吹散了。

宋词写伤春念远、离愁别恨的很多，芭蕉梧桐夜雨几乎已成了滥调，像这首写归家之乐的词是很少的，所以很新奇可喜。

长相思

雨

一声声，一更更，窗外芭蕉窗里灯，此时无限情。　　梦难成，恨难平，不道愁人不喜听，空阶滴到明。

诗人总是敏感的，自然界的声音往往容易引起不同的情绪。这首词文字浅显，听雨引愁，也没有新奇的地方。我选给你们读一读，意在引起你们的兴趣，对自然界的现象多注意，从中得到美感，丰富生活经验。我们选读的诗词中，写到雨的不少，你们加以比较，不也是很有趣味的吗？

王庭珪 （1079—1171）

安福人，政和八年（1118）进士。胡铨上疏乞斩秦桧，谪往新州，庭珪以诗送行，也获罪。桧死始获自由。

浣溪沙

薄薄春衫簇绮霞，画檐晨起见栖鸦。宿妆仍拾落梅花。
回首高楼闻笑语，倚阑红袖卷轻纱。玉肌微减旧时些。

早起穿着薄薄春衫，看到天上绮霞，画檐下尚有栖鸦。拾起落地梅花聊以自遣。听到高楼中笑语声，回头一看，那女郎正倚阑卷帘，看到她肌肤比以前稍稍瘦了些了。

朱敦儒 （1081—1159）

洛阳人。早年隐居山林，自称“疏狂”，“几曾着眼看侯王”（见所作《鹧鸪天》），但又应征诏出任官职。因与主战派李光有联系，又被罢官。秦桧当政，罗致他文饰太平，桧死又被废。他的词有时脱离现实，有时也表现忧国热情。

双鸂鶒

拂破秋江烟碧，一对双飞鸂鶒；应是远来无力，稍下相偎沙碛。　　小艇谁吹横笛，惊起不知消息。悔不当时描得，如今何处寻觅？

鸂鶒（读 xī chì），水鸟，比鸳鸯稍大，多为紫色，亦成对在水面浮游，故又称紫鸳鸯。上片写一对鸂鶒，双双冲破江上碧烟飞来。大概因为来自远方，没有力气了，下落到浅水的沙石上相偎休息。有什么人在小船上吹笛，把一对鸟惊动，不知飞到什么地方去了。悔不该当时没把它们描绘下来，现在到哪儿去寻找呢？写景抒情都恰到好处。一幅双飞双栖、同生共死的紫鸳鸯画实际上已经描绘出来了。

相见欢

金陵城上西楼，倚清秋。万里夕阳垂地，大江流。

中原乱，簪缨散，几时收？试倩悲风吹泪，过扬州。

首句写在金陵城楼上观看秋景，第三句即写看到的情况：万里广阔地面上，夕阳已经落近地平线，长江从地面上流过。下片写中原被金兵侵占，乱了，贵族官吏（簪缨）走散了，几时能收复呢？试请（倩）悲风把我的眼泪吹送到扬州去吧。扬州地区在汴京失陷后，被金兵破坏惨重。

李清照 （1084—约 1151）

号“易安居士”。齐州章丘（今山东章丘西北）人。嫁金石名家赵明诚，前期生活美满。金兵入侵，宋南渡，丈夫又以暴疾亡故，使她受了很大打击。她逃兵乱，走遍了江浙皖赣一带地方，晚年寓居临安。文集词集均已遗失。后人辑为现在流行的《漱玉词》。

如梦令

常记溪亭日暮，沉醉不知归路。兴尽晚回舟，误入藕花深处。争渡，争渡，惊起一滩鸥鹭。

这首词写了作者的生活情趣和潇洒风度，记的是醉酒乘舟游玩的小事。头两句写乘舟的时间和地点，因醉忘了归路。但游兴仍浓，不肯败兴回舟，于是闯了一个小小乱子，船划到荷花深处去了。但仍然划船前进，把一滩海鸥和鹭惊动飞起来了。

如梦令

昨夜雨疏风骤，浓睡不消残酒。试问卷帘人，却道海棠依旧。知否？知否？应是绿肥红瘦。

这首词写惜春伤春的感情，文字浅显，但却深刻生动。风雨之夜，虽然睡得很香，酒意却未消，也就是借酒消的愁还梗在心头。想到海棠或者被风雨摧残凋谢，但又怕自己亲看，徒增春去之伤感，便试着问一问卷帘的侍女，她却回答说海棠依旧，显然她是并不关心的。所以作者反问她：知道吗？海棠经过风雨，该是叶多花少了。我把“绿肥红瘦”给你们这样一解释，可就是化神奇为腐朽了。“绿、红”代表叶和花，“肥、瘦”代表多少或鲜谢——“绿肥红瘦”令多少人叫绝，并不是偶然的了。

一剪梅

红藕香残玉簟秋，轻解罗裳，独上兰舟。云中谁寄锦书来，雁字回时，月满西楼。　　花自飘零水自流，一种相思，两处闲愁。此情无计可消除，才下眉头，却上心头。

这首词是怀念丈夫的。前三句可以连起来这样理解：独自登上兰舟，把罗裳轻轻解开，觉得洁白的竹席有秋天的寒意，看到红藕（即红藕花或红荷花）已经残谢了。夫妻间的书信常称锦书，见到雁行，想到雁是可能捎了丈夫的信来，并非真的来信了，下句雁字指雁在天空排的字。下片的花指首句的红藕花，水是兰舟在其中前进的水。两地指与丈夫分居两地，但同样相思愁闷。末三句也就是范仲淹的《御街行》中几句的意思："都来此事。眉间心上，无计相回避。"

醉花阴

薄雾浓云愁永昼，瑞脑消金兽。佳节又重阳，玉枕纱厨，半夜凉初透。　　东篱把酒黄昏后，有暗香盈袖。莫道不销魂，帘卷西风，人比黄花瘦。

这首词写重阳佳节。一般逢此佳节，多外出登高游玩，而作者把天气形容为“薄雾浓云”，并不晴朗，又“愁永昼”，不知道长长的白天如何消磨。时时在兽形的熏香炉里添香料（瑞脑），就是一种具体的表现。虽未明说，“每逢佳节倍思亲”，有思夫情绪是很显然的。下三句既点明佳节，又写半夜觉凉的不眠情况，纱厨是蒙有细纱以避蚊的床。下片写黄昏后，曾在东篱饮酒，因为陶潜在《饮酒》中有“采菊东篱下”句，所以是在赏菊花自遣。古诗有句：“馨香盈怀袖，路远莫致之”，所以更可见有怀远的意思了。末句“人比黄花瘦”，自己因怀远而憔悴的情况就被很形象地巧妙地写出了。以前曾有人指出：“人比黄花瘦”是从无名氏的词句“依旧，依旧，人与绿杨俱瘦”脱出，但更为工妙。

我给你们讲一个有趣的故事。李清照把这首词寄给她的丈夫赵明诚，明诚自愧不如妻子写得这样好，便关起门来，用三天三夜写了50首词，并将清照的这一首混杂其中，送给友人陆德夫看。德夫吟咏了半天，说道：“只有三句绝佳。”明诚问是哪三句，德夫答道：“莫道不销魂，帘卷西风，人比黄花瘦。”

凤凰台上忆吹箫

香冷金猊，被翻红浪，起来慵自梳头。任宝奁尘满，日上帘钩。生怕离怀别苦，多少事，欲说还休。新来瘦，非干病酒，不是悲秋。　休休。这回去也，千万遍阳关，也则难留。念武陵人远，烟锁秦楼。惟有楼前流水，应念我，终日凝眸。凝眸处，从今又添一段新愁。

金猊，形如狮子的涂金熏炉，内可焚香，味从兽口出来，以熏衣被，第二句即写熏被情况。起来懒梳头，不为宝奁拂尘，日照到帘钩才起来，都是怕离怀别苦的具体表现。多少事包括以前游乐欢聚时的快乐，不肯谈说，是怕更增别苦。下三句说自己近来瘦了，但既不因为病酒，也不因为悲秋，自然是为离愁别苦了。休休，现在口语“罢了，罢了”。阳关（曲），王维《送元二使安西》的别名，此句意思是把阳关曲唱千遍万遍，也留不住要走的人了。武陵人，涉及陶潜的《桃花源记》，又涉及刘晨和阮肇二人游天台山，遇二仙女的传说。我们已经简单地说过，现在还说说故事，以便你们了解吧。武陵是地名，在今湖南，陶文说那里有个渔父，无意到了桃花源，一个与世隔绝的仙境，实际是他的乌托邦即理想国。这里写到桃花、流水、仙境，宋词人就把桃源的幻境和天台山的神话联系起来了，所以这里的武陵人所用的就是这两个典故，用武陵人指所怀念的丈夫。秦楼，可指我们已经略讲过的弄玉的故事：她从萧史学吹箫，学成两人化为神仙，骑凤飞走了。这样，作者就是以弄玉自比，现在是人去楼空了。另外，汉乐府《陌上桑》有这样两句："日出东南隅，照我秦氏楼。"那就以罗敷自比了。简单地说，这两句只是说：丈夫远去，现在是自己独守空楼了，意思固然明白，可就不是文学作品了。顺便说一下，文学作品用僻典，晦涩使人难懂，是很不好的。但用典或传说故事引起丰富的联想，却是增加艺术魅力的必要方法之一。

最后几句的凝眸，就是定睛远望，这时不仅自己"念"着远去的人，流水也在"念"我凝眸远望的愁苦，这就在人去前的愁苦上，加上人去后的新愁了。

点绛唇

寂寞深闺，柔肠一寸愁千缕。惜春春去，几点催花雨。
倚遍阑干，只是无情绪。人何处？连天芳草，望断归来路。

从上片看，仿佛侧重在惜春春去。但是头两句可以看出，寂寞和愁肠千缕，隐示春去远不如人去，更引起内心的寂寞。下片前两句已经含蓄点明。人何处，就明说出来了，但这种错综写法并不减低艺术效果。望断归来路，所见的只是天涯芳草，又偏向含蓄的写法了。

武陵春

风住尘香花已尽，日晚倦梳头。物是人非事事休，欲语泪先流。　　闻说双溪春尚好，也拟泛轻舟；只恐双溪舴艋舟，载不动、许多愁。

这首词是作者晚年避兵金华时写的，首句写落花已满地，尘土留有残香，风止了，这时确是定了全词情调。“物是人非事事休”了，宋只剩了半壁江山，自己已经家破人亡了。双溪，金华有永康、东阳二水，合流处称双溪。舴艋是小船，有时赛龙舟时使用。想去泛舟消愁，又怕愁太重，船载不动。把愁化为具体的东西，有重量，船载不动，这种形象化的艺术手法，值得玩味。

声声慢

寻寻觅觅，冷冷清清，凄凄惨惨戚戚。乍暖还寒时候，最难将息。三杯两盏淡酒，怎敌他、晓来风急！雁过也，正伤心，却是旧时相识。　　满地黄花堆积，憔悴损，如今有谁堪摘？守着窗儿，独自怎生得黑！梧桐更兼细雨，到黄昏点点滴滴。这次第，怎一个愁字了得。

这词开始的寻寻觅觅……惨惨戚戚，称为叠字。都暗含本意，并有声调美。寻寻觅觅，表示若有所失的心情，寻觅可照本意理解；寻觅到的只是下面一连串的叠字所表达的情绪：寂寞、凄清、悲伤、愁苦。词写的是秋天，不像夏天总是热，冬天总是冷，所以乍暖还寒，我们不是常听说，二四八月乱穿衣吗？将息，意为调养、休息，指安排衣着等生活细事，言外也有不好安排自己的意思。下面“晓来”比晚来较妥，因为写一天的事，饮酒大概指习惯的早酒。雁足传书，诗词中常常写到，实际只代表通信的意思，说雁是旧时相识，看得不能太拘泥，似只代表旧时曾与丈夫通音信，这时他已亡故，见雁伤心，只是因为回忆往事。下片写菊花的三句，既有自伤“人比黄花瘦”的感慨，也有悼亡的含意。守着两句，无论怎样标点，自以“独自守着窗儿，怎生得黑？”为是。这次第，这光景。

永遇乐

落日镕金，暮云合璧，人在何处？染柳烟浓，吹梅笛怨，春意知几许！元宵佳节，融和天气，次第岂无风雨？来相召，香车宝马，谢他酒朋诗侣。　中州盛日，闺门多暇，记得偏重三五。铺翠冠儿，捻金雪柳，簇带争济楚。如今憔悴，风鬟霜鬓，怕见夜间出去。不如向、帘儿底下，听人笑语。

这首词是李清照经过离乱流落之后，住在临安，过着寂寞清贫的晚年时写的。头两句写目前景物：下落的太阳金光闪烁，晚霞普照黄昏时天空。第三句问得突然，虽然身在临安，却又茫然不知身在何处，有流落异乡，身心寂寞之感。下三句写春意：初发的柳被烟雾笼罩着，似乎柳色被染浓了，又有笛声吹着《梅花落》曲，正是春意阑珊的时候。现在是元宵佳节，天气融和，但是在一个饱经沧桑的人，不免心怀疑惧：不会突然刮风下雨吗？因此虽然有些富贵人家妇女坐着香车，骑着骏马，来邀请自己去饮酒赋诗，也只好谢绝了。下片前六句回想汴京沦陷前的元宵节盛况和自己的欢快生活。中州盛日，指宋繁荣时代；自己在深闺中过着安逸的生活，有的是闲暇时间，最重视元宵佳节。那时候自己打扮得漂漂亮亮：头上戴着翡翠（或用翠鸟羽毛装饰的）冠，还佩着适合时令的金线捻合的妆饰品；簇带，意为插戴；济楚，意为端庄。如今憔悴三句说如今的情况：形容憔悴，鬓发已白而不整，懒得夜间出去了。末言倒不如自己躲在帘下，听别人的笑语了。结句语浅情深，含着无限凄凉悲苦之感。

渔家傲

天接云涛连晓雾，星河欲转千帆舞。仿佛梦魂归帝所，闻天语，殷勤问我归何处？　　我报路长嗟日暮，学诗谩有惊人句。九万里风鹏正举，风休住，蓬舟吹取三山去。

天破晓时，波涛似的云同早晨的雾连成一片，满布天空，形成海天一色的美景：银河转动，群星闪光，仿佛小船上千帆飞舞。这是梦中所见的景象。梦魂似乎回到了天宫（帝所），听到天帝殷勤问我要到什么地方去。下片我答道路太长，可叹天色已晚，而学诗徒有惊人之句，既不为人赏识，也不能满足自己的要求，还要继续努力。

我原只想给你们讲一点启蒙的知识，大意懂得所选的词就可以了，深讲我也没有足够的学力。不过有些诗词富有文学联想，完全抛开不提，就不免有点干巴巴的，失去艺术的韵味了。因此我把下片几处略多讲几句，你们就当故事听听吧。

“路长日暮”两句使人想起屈原的《离骚》中有这样几句：“欲稍留此灵琐兮，日忽忽其将暮。……路漫漫其修远兮，吾将上下而求索。”也是叹惜日暮路远，但仍要努力上下求索。（灵琐，神仙所住的楼阁，琐是门上所雕刻的花纹。忽忽，形容时光过去的很快。漫漫，形容路远。上下求索，努力追求。）

“九万里风鹏正举”（举，高飞）——庄子在《逍遥游》中说，大鹏“抟扶摇而上者九万里”（扶摇是旋风），就是在旋风里上飞九万里。这表示作者有雄心壮志，自强不息。风休住两句是请风不要息，把自己的一叶扁舟，吹到三山，即神话中的蓬莱、方丈、瀛洲三座神山。

李清照被认为是婉约派的作家，但这首词风格特异，所以梁启超说，此词不像李清照《漱玉集》里的句子，而像苏轼、辛弃疾的风格。

吕本中 （1084—1145）

寿州（治今安徽凤台）人，世称“东莱先生”。绍兴六年（1136）进士。他赞成收复失土，曾上书提出这个主张，因此得罪秦桧，被罢了官。诗不如词。

采桑子

恨君不如江楼月，南北东西，南北东西，只有相随无别离。　　恨君却似江楼月，暂满还亏，暂满还亏，待得团圆是几时？

这首词以月亮做比喻，从正反两方面抒写离恨的感情。上片写恨外出的人不像月亮一样，总照着人，从不离开，而是不分东西南北，四处乱跑。下片又写恨外出的人像月亮似的，圆满的时候少，亏缺的时候多，几时才能团圆呢？比喻摆脱俗套，正反对比，写得极为新颖、明畅，富有民歌风味。

南歌子

驿路侵斜月，溪桥度晓霜。短篱残菊一枝黄，正是乱山深处，过重阳。　旅枕元无梦，寒更每自长。只言江左好风光，不道中原归思，转凄凉。

这首词写重阳节在辛苦的旅途中，思乡忧国的感情。斜月照着驿站的道路，小溪的桥上还有早霜，这固然使人想到“鸡声茅店月，人迹板桥霜”的景色；但从下面几句和全词看，作者要表现的是清早赶路的辛苦。时值重阳佳节，而作者在乱山深处，只见到低矮篱笆旁有一株残菊！下片的感情更深入了：睡在旅店的枕头上，很难入睡，原是无梦可做的，何况寒夜的更声使人感觉到夜更长呢。人人只说江左（指南宋偏安的东南地区）风光很好，却不提怀念中原，即毫无收复失土的意思，这就使人特别感到凄凉了。

向子諲 （1085—1152）

临江（今江西清江）人。宋南渡后，力主抗金，曾率兵抗击金人的入侵。后受秦桧排挤，归清江芗林，自号“芗林居士”，即在那里逝世。他把自己的词分成“江南新词”和“江北旧词”两卷，可见南渡后的心情。

鹧鸪天

有怀京师上元

紫禁烟花一万重，鳌山宫阙倚晴空。玉皇端拱彤云上，人物嬉游陆海中。　星转斗，驾回龙。五侯池馆醉春风。而今白发三千丈，愁对寒灯数点红。

词回忆汴京上元节盛况，以后中原沦陷，宋南渡，作者便愁对寒灯，“白发三千丈”（李白《秋浦歌》中诗句）了。首句禁城即指汴京，烟花一万重，指灯火盛况。鳌山是指当时堆叠彩灯而成的山，在汴京宣德门。上元节约二更鼓，皇帝坐小辇去观赏那里的千万种彩灯，灯光照耀着宫殿，高耸在空中。玉皇，指徽宗赵佶，拱手端坐在红色祥云上面。很多人在陆海上游玩（地上物产丰富如大海所产一样多，所以称陆海）。

下片续写夜已晚，“北斗阑干南斗斜”了，皇帝回宫了。五侯，原为后汉桓帝一天所封的五个宦官，这里指权贵人家，还在饮酒作乐。结尾两句突然一转，是中原沦陷、宋室南迁的残破局面了。两相对照，显得结句特别有力。

生查子

近似月当怀，远似花藏露。好是月圆时，同游花深处。
看花不自持，对月空相顾。愿学月频圆，莫作花飞去。

头两句从近看和远看形容所爱的女子。次两句写月圆时同游的乐趣。但下片表明看花时虽自己倾心，对方却没有相同的反应。末两句表示希望。

蒋兴祖女儿　（生卒年代不详）

宜兴（今属江苏）人，不知其名。靖康二年（1127），金兵攻陷北宋都城汴京，徽、钦二帝被掳。但各地仍有抗金战争，阳武（今河南原阳）令蒋兴祖在金兵围困时，坚决抵抗，自己同妻儿都牺牲了，女儿（下词作者）被掳，下面的词是她在雄州（今河北雄县）驿站墙上写的。

减字木兰花

朝云横度，辘辘车声如水去。白草黄沙，月照孤村三两家。　　飞鸿过也，百结愁肠无昼夜。渐近燕山，回首乡关归路难。

首句写明是早晨多云的阴天，第二句写所坐的囚车，辘辘为车声，如水去，是形容车行速而路远。白草两句写车中所见荒凉景象。写景也就表现了作者内心悲伤凄凉。上片写了早晨、白天、夜晚。雁是候鸟，这时应是从北向南飞了，而人却是由南向北，渐近燕山，也就是离敌人的都城大都（今北京市）越来越近了。回首故乡，欲归无路，就昼夜愁肠百结，悲伤没有完结的时候了。

弱龄女子遭此浩劫，其事其词，都令人痛心。腐败无能的统治者是祸根，尤令人切齿！

陈东 （1086—1127）

丹阳（今江苏省镇江）人。以贡入太学，钦宗时曾上书请杀蔡京（主和派的坏人之一），以后又上书请用李纲（主张抗金，在金兵围攻汴京时，反对迁都）。高宗时，又劾黄潜善、汪伯彦，为二人所构陷，被杀。

西江月

我笑牛郎织女，一年一度相逢。欢情尽逐晓云空，愁损舞鸾歌凤。　　牛女而今笑我，七年独卧西风。西风还解过江东，为报佳期入梦。

牛郎织女七夕相会的故事，你们是熟悉的了。这首小词颇有风趣，上片写牛郎织女一年只相会一夜，第二天就欢情烟消云散了，自己笑他们。下片写牛郎织女该笑自己了，因为七年离家不能一聚。末两句有自我解嘲意味，说西风还会到故里入梦，报告佳期。

蔡伸 （1088—1156）

莆田（今属福建）人，蔡襄之孙。政和五年（1115）进士。

长相思

村姑儿，红袖衣，初发黄梅插稻时，双双女伴随。　长歌诗，短歌诗，歌里真情恨别离，休言伊不知。

儿（读ní），是儿字的古音。初发黄梅，梅子初黄时。她虽然是年岁不大的村姑，对长歌短歌的真情，在歌唱时是了解的：抒写的是离愁别恨。

长相思

我心坚，你心坚，各自心坚石也穿。谁言相见难？　小窗前，月婵娟。玉困花柔并枕眠。今宵人月圆。

这首词说，只要两人爱情坚定，连石头也可以穿破，也就是说，可以克服一切困难阻碍，有情人终成眷属，得到花好月圆的结果。以上这两首词都颇有民歌趣味。

陈与义 （1090—1139）

字去非，号简斋，洛阳人。登政和三年（1113）上舍甲科，曾为太学博士。高宗南迁后，曾避乱湖广，后为兵部员外郎。以诗名，有《简斋诗集》，为宋诗重要人物。也工于写词，有《无住词》一卷。

临江仙

夜登小阁，忆洛中旧游

忆昔午桥桥上饮，坐中多是豪英。长沟流月去无声，杏花疏影里，吹笛到天明。　　二十余年如一梦，此身虽在堪惊。闲登小阁看新晴，古今多少事，渔唱起三更。

午桥，洛阳南的一座桥，是旧游的地点，当时一同宴饮的人都是出色的人物。下三句具体写当时游乐情况。下片写20多年的时光过去了，自己还生活在人间，不免令人惊异，言外哀同游的人多已谢世了。末三句点明夜登小阁，夜深听到渔歌，古今多少事引人满腔感慨。

张元幹 （1091—约 1170）

长乐（今属福建）人，向子諲之甥。他很有文才，徽宗末年即以词名，感时抒情之作，慷慨激昂，下面一词可略见他的为人风格。

贺新郎

送胡邦衡待制赴新州

梦绕神州路，怅秋风，连营画角，故宫离黍。底事昆仑倾砥柱，九地黄流乱注？聚万落千村狐兔。天意从来高难问，况人情老易悲难诉。更南浦，送君去。　　凉生岸柳催残暑。耿斜河，疏星淡月，断云微度。万里江山知何处？回首对床夜语。雁不到，书成谁与？目尽青天怀今古，肯儿曹恩怨相尔汝？举大白，听金缕。

胡邦衡即胡铨，主抗金反和，曾请斩秦桧等三个主和投降派，因被谪新州（今广东新兴县）。张元幹仗义写词送别，并在词中指责了皇帝（天意从来高难问），是很钦佩的。

神州，中国的古称，这时已大部被金侵占，梦绕是念念不忘的意思。连营两句是想象的情况：金军各营的军号（画角，彩绘的号角）声响成一片，宋的故宫已经长满了庄稼（黍是小米）。这里用“黍离”来形容是很恰当的。按“黍离”是《诗经》中的篇名，幽王无道，犬戎破镐京被杀死，平王东迁洛阳，为东周。东周初年有人去镐，见到宫殿破坏，长了庄稼，不胜感慨，因作此诗。底事三句的意思是：支持昆仑的天柱为什么倒了呢？九州（九地）遍地黄河水横流，千村万落都成了狐兔（也指敌人）聚居的地方了：写沦陷区的情况。下面说天意难测，即不知皇帝有什么意图，易悲的老人难诉苦衷。何况又要到南浦（泛指送别的地方）送你走！

下片写岸上杨柳生凉，炎暑即将过去。明亮的银河斜挂天际，片片的云从天空飘浮过去。此后相隔万里河山，何处寻觅？下句回忆以前对床夜话的情形，也意味着以后会追忆今夜对谈。远处雁也难到，书信也无法寄了。下两句大意是：放眼看天下，关怀今古大事，怎能像小儿女一样，悲伤叹息，难舍难分呢？（韩愈《听颖师弹琴》诗中有这两句：呢呢儿女语，恩怨相尔汝。）末两句举酒杯（大白），歌《金缕曲》（《贺新郎》的别名），是无可奈何中的安慰鼓励话。

菩萨蛮

政和壬辰东都作

黄莺啼破纱窗晓，兰缸一点窥人小。春浅锦屏寒，麝煤金博山。　　梦回无处觅，细雨梨花湿。正是踏青时，眼前偏少伊。

政和壬辰是政和二年即公元1112年，是北宋徽宗赵佶时代。东都指洛阳。破晓时黄莺在纱窗外鸣叫，灯（兰缸）照着人，只有一点点微光了。初春天还寒，屏风还是冷冷的，博山炉里还燃着香料。梦醒了，梦境已经消逝，小雨湿润着梨花。正是踏青的好时候，伊人却不在眼前。从这首小词略可见作者风格的另外一面。

岳飞 （1103—1142）

相州汤阴（今属河南）人。北宋末期以“敢战士”应募入伍，在金兵南侵时，屡立战功。他反对和议，力主北伐，为秦桧所陷杀。

满江红

怒发冲冠，凭栏处，潇潇雨歇。抬望眼，仰天长啸，壮怀激烈。三十功名尘与土，八千里路云和月。莫等闲、白了少年头，空悲切。　　靖康耻，犹未雪；臣子恨，何时灭？驾长车、踏破贺兰山缺。壮志饥餐胡虏肉，笑谈渴饮匈奴血。待从头、收拾旧山河，朝天阙。

怒发冲冠，生气的头发竟将帽子冲掉了。长啸，高声大叫，也表示怒。尘与土，表示30岁所立的战功微不足道，只等于尘土。下句说为打仗在不同天气，不分日夜，在广大地区奔波。下一句自勉不要轻易浪费少年时光，“老大徒悲伤”。靖康（北宋年号）二年（1127），金兵攻陷汴京，掳徽、钦二帝以去，此耻未雪，臣子饮恨。长车即长缨，古代战车；贺兰山，又名阿拉善山，当时是金兵侵占的地方，现为宁夏回族自治区和内蒙古自治区的界山。胡和匈奴都借指金兵。这两句只表示对敌仇恨之深。末两句说胜利后，重整河山，进都城朝拜皇帝。

这首声情壮烈的词在抗日战争期间为广大人民所传诵，不是偶然的。

满江红

遥望中原，荒烟外，许多城郭。想当年，花遮柳护，凤楼龙阁。万岁山前珠翠绕，蓬壶殿里笙歌作。到而今、铁骑满郊畿，风尘恶。　　兵安在？膏锋锷；民安在？填沟壑。叹江山如故，千村寥落。何日请缨提劲旅，一鞭直渡清河洛！却归来、再续汉阳游，骑黄鹤。

先给你们讲点词外的话，你们就当故事听听吧。此词原为岳飞墨书手迹，被收入《五千年来中华民族爱国魂》，后被收入《全宋词》。前一首《满江红》作者是否确为岳飞，还有不同意见，但确是一首杰作，对振奋民族精神，起过并还起着很大作用，却是大家一致认可的。第二首《满江红》是姊妹篇，精神是完全一致的。

词的时代背景也要略说几句。宋高宗绍兴三年（1133）秋天，金统治集团支持叛将李成进占襄阳、唐、邓、随、郢诸州。第二年岳飞奉命率兵进讨李成，收复了六郡，屯兵鄂州（今湖北武昌）。岳飞上书奏请“以精兵二十万，直捣中原，收复故疆”，但未能实现。这首词可能是登黄鹤楼时有所感而写，因为词末提到汉阳黄鹤。黄鹤楼在汉阳长江岸上，传说有人从此骑鹤成仙而去，是你们早已知道的了。

词的头三句写登楼遥望，见到一片寒烟，笼罩着广阔城乡土地，景象十分凄凉。下五句回想以前的繁荣局面：到处是花和柳，风景秀丽，楼台亭阁，备极豪华。万寿山即是灵岳，徽宗时所建御园假山，珠翠绕，形容装饰得华丽。蓬壶殿或指北宋汴京皇宫内的蓬莱殿。可是目前呢？敌军的铁蹄践踏遍了京城及郊区，情况是很险恶的。下片先哀叹兵士血染敌人刀剑，人民填了沟壑。河山未改变，但村落荒废了。末几句表明作者想报仇复国，重整河山，重游汉阳的雄心壮志。请缨，自愿请求率军进击敌人，提劲旅，带领精锐部队。直渡长江，清除洛河、黄河所流经的中原地带之敌军。那时再回到汉阳，怀着民族自豪感追思往古，瞻望未来。

朱淑真 （生卒年代不详）

钱塘（今属浙江杭州）人。出身于仕宦家庭，善诗词，工书画，懂音律。少女时期曾有一段美好爱情生活，但父母使她嫁一俗吏，情趣难投，离去长居母家，忧伤终生。她的词凄婉动人。

眼儿媚

迟迟春日弄清柔，花径暗香流。清明过了，不堪回首，云锁朱楼。　　午窗睡起莺声巧，何处唤春愁？绿杨影里，海棠亭畔，红杏梢头。

首句形容春色清和柔媚，前两句写小径上花香扑人。次三句写清明已过，春日即将告终，云彩笼罩着朱楼，最易引起春愁。下片写黄莺巧啭，春愁向何处寻找呢，正是在表现美景柳丝影里、海棠开处、红杏梢头。良辰美景不是消愁，而是生愁，愁意就浓于酒了。

谒金门

春已半，触目此情无限。十二阑干闲倚遍，愁来天不管。

好是风和日暖，输与莺莺燕燕。满院落花帘不卷，断肠芳草远。

春天已过去一半了，放眼观看春景，引起无限愁思，此情天上人间都得不到同情，孤寂可想，只好遍倚阑干，聊以自遣了。下片写的却是风和日暖的好天气，自己无福，只好让给（输与）黄莺燕子去享受了。满院落花，已近春暮，但她并不卷帘，而纵目去观看，因为心有思远情绪，即怀念以前的情人。芳草远大概是这种含意。

清平乐

恼烟撩露，留我须臾住。携手藕花湖上路，一霎黄梅细雨。　　娇痴不怕人猜，随群暂遣愁怀。最是分携时候，归来懒傍妆台。

恼和撩意思相似，引人烦恼，也用以形容烟露，犹如用无赖形容春光，并无贬义，仿佛说春光调皮，越明媚越使人心情不佳。恼烟撩露形容荷花含烟带露，很美观。第二句：它使我短时停下观赏。三四句写在荷花湖旁路上，与女伴携手同游，这时下了一阵黄梅小雨。下片头两句写自己为爱情烦恼而显得娇痴，并不怕人胡猜乱想，而同女伴们结队游玩，暂时排遣心中愁闷。下两句写同女伴们分手时最为苦闷，回到家里无心走近妆台去梳洗打扮了。

减字木兰花

独行独坐，独倡独酬还独卧。伫立伤神，无奈轻寒著摸人。　　此情谁见？泪洗残妆无一半。愁病相仍，剔尽寒灯梦不成。

前两句用了五个独字，在词里是很特别的。是自吟自和。和诗应由别人写，自和是无朋友和诗，只好自和了。著摸，撩惹，引人不耐烦。下片前两句：流泪把残妆洗去一半，这情形有谁见到呢？愁病相仍，愁病交加，难以入睡，自然也就做不成梦了。

陆游　（1125—1210）

号放翁，山阴（今浙江绍兴）人，出身于官宦家庭。试进士，被秦桧除名。绍兴三十二年（1162），又被孝宗赐进士出身。范成大帅蜀时，曾任参议官在幕中工作。短期同修国史。为南宋最伟大的诗人，存词100多首。

满江红

危堞朱栏，登览处，一江秋色。人正似，征鸿社燕，几番轻别。缱绻难忘当日语，凄凉又作他乡客。问鬓边、都有几多丝，真堪织。　　杨柳院，秋千陌，无限事，成虚掷。如今何处也，梦魂难觅。金鸭微温香缥渺，锦茵初展情萧瑟。料也应、红泪伴秋霖，灯前滴。

危堞，城上危险的矮墙。鸿、燕都是候鸟，随天气暖寒而异地栖息，比喻做客他乡，别日所说的话缠绵多情（缱绻），难以忘记。两鬓旁的头发，灰白如丝的已经很多，都可以编织成网了。下片写前景往事，现在已成过去，人也不知在什么地方了，梦中也难以找到了。熏香炉微温，香味若有若无，锦制的褥初步展开，心情无精打采，毫无生气（情萧瑟）。下着秋雨（秋霖），人在灯前落泪，是想象对方的情形。

离别怀远，既写到目前，也写到过去，写自己，也写到对方，委婉，全面，一往情深。

好事近

登梅仙山绝顶望海

挥袖上西峰，孤绝去天无尺。拄杖下临鲸海，数烟帆历历。　　贪看云气舞青鸾，归路已将夕。多谢半山风吹，解殷勤留客。

词写登山望海的印象和感受，作者同大自然接触时的真情实感表现得细致亲切，使读者如身临其境。头两句写山峰高，近天不到一尺。三四句写拄杖到海旁一看，帆船清清楚楚呈现在眼前。下片仍写海上景象：云气像青鸾一样飞舞，令人贪看不厌，往回走时，天已傍晚了。最后两句写松林的风知道殷勤留客，很觉可感，这就是心灵与大自然融为一体了。这是一种崇高的境界。

渔父

灯下读玄真子渔歌，因忆山阴故隐，追拟。

镜湖俯仰两青天，万顷玻璃一叶船。拈棹舞，拥蓑眠，不作天仙作水仙。

在镜湖上仰头看到上面的青天，低头可看下面的水面，像万顷玻璃，既明且平，像是另一片青天。渔父在两青天之间有时举桨挥舞，有时拥蓑衣憩睡，无忧无虑，不是像水上仙人一样吗？我给你们选读一些这类的作品，意在使你们喜欢多接近大自然，培养多方面的乐趣，帮助你们身心平衡发展。

钗头凤

红酥手，黄縢酒，满城春色宫墙柳。东风恶，欢情薄，一怀愁绪，几年离索。错，错，错！　　春如旧，人空瘦，泪痕红浥鲛绡透。桃花落，闲池阁，山盟虽在，锦书难托。莫，莫，莫！

要了解这首词，我得给你们略讲一下陆游的婚姻悲剧。他与姑表妹唐婉是两小无猜的游伴，以后结为夫妇，感情融洽，情趣相投，本来是很幸福的。陆游之母，亦即唐婉之姑，很不喜欢她，所以两人虽然难舍难分，唐婉还是被“出”了，也就是被迫脱离陆游家了。唐婉以后嫁了赵士程。大约在绍兴二十一年（1151），陆游游沈园，同唐婉夫妇相遇，唐婉还以酒肴款待他。陆游无限伤感，便写了这首词题在沈园壁上，此后不久，唐婉也就病故了。红酥手，形容手如酥油，红润细嫩，黄縢酒，一说即黄封酒，宋代官酒用黄纸封口，故名，以后泛指美酒。宫墙柳，系泛指，是明媚春色中最早常见的树。三句写以往二人携手欢游或对饮。后面四句写生活情况恶化，欢情似水，满怀愁绪，几年来二人分散（离索），今昔不同之感，令人悲叹。末句用三个叠字，悔恨错了，宛如悲叹之声可闻。下片春如旧，回顾前第三句，言春色如旧，但下两句的人瘦和泪湿（浥）手绢（鲛绡）却今昔大不相同了。神话传说中有这样一段故事：水中的鲛人曾寄住在一个人家，天天卖绡（一种薄薄的罗），一天要走了，请主人拿一个容器，泣出珠以赠主人，表示感谢。山盟海誓，指夫妻表示爱情坚贞的誓言，现在这种誓言虽然还存在，也就是虽然彼此还相爱，但已经不能用书信通款曲了。末三个叠字的意思是罢，罢，罢！上片的错和这里的莫，又可能是联绵词“错莫”，诗中常用，意思是寥落，落寞。

浪淘沙

绿树暗长亭，几把离尊。阳关常恨不堪闻，何况今朝秋色里，身是行人。

清泪浥罗巾，各自消魂。一江离思恰平分。安得千寻横铁锁，截断烟津。

绿树遮暗长亭，几次举杯送别，都恨阳关三叠曲不忍听，何况现当秋天，被送行的却是自己。下片写分别的人双方都有离恨，好像一江水各自占一半。怎样能得到千寻（每寻八尺）铁锁链，在水中截断愁来的道路呢。设想是很奇特的，感情天真而诚恳。

卜算子

咏梅

驿外断桥边，寂寞开无主。已是黄昏独自愁，更著风和雨。　无意苦争春，一任群芳妒。零落成泥碾作尘，只有香如故。

咏物词或只咏物，或有寓意，咏物而言志。这首词是有寓意的。陆游力主抗金，反对妥协求和，因此遭到排挤打击，无法实现自己的抱负。但他不屈不挠，表现了坚强的毅力、崇高的品格，梅是他的生活和人格的象征。

头两句写梅是无主野生的，开在驿站外面、断桥边上。黄昏时独自发愁，已够寂寞，还遭到风吹雨打。这比喻陆游的生活处境和遭遇。下片头两句比喻自己既不钩心斗角，同别人争取什么好处，别人的嫉妒也一概置之不理。末两句表示即使像梅花一样，落到泥土上被碾成尘末，也仍然香味如旧。这也就是说自己的品格不会被任何打击摧毁或玷污。

诉衷情

当年万里觅封侯，匹马戍梁州。关河梦断何处？尘暗旧貂裘。　胡未灭，鬓先秋，泪空流。此生谁料，心在天山，身老沧洲。

万里觅封侯，指乾道八年（1172）他投身王炎幕下，积极参加抗金事业，想像班超一样立功封侯。前两句说单枪匹马从军驻守梁州（今陕西南部汉中及四川部分地方）。关河，指战斗中走过的关塞和河防，现在只能在梦中重游，梦醒也就完结了。下句说旧的用貂鼠皮做的衣服，被尘土弄脏了。胡指金，现尚未被消灭，但自己的两鬓已经灰白了，眼泪也是白流了，因抗金的事业无法实现。末三句说，料不到余生心在天山，即关心边塞，欲去抗金，而身子却滞留在沧洲（意为水边，因陆游晚年住在绍兴镜湖边上）。

唐婉 （生卒年代不详）

婉一作琬，与陆游之母为姑侄，初与陆游结婚，夫妇感情融洽，但不为陆母所容，终于离异改嫁赵士程。但以愁怨而死。

钗头凤

世情薄，人情恶。雨送黄昏花易落。晚风干，泪痕残。欲笺心事，独语斜阑。难，难，难！　　人成各，今非昨。病魂常似秋千索。角声寒，夜阑珊，怕人寻问，咽泪装欢。瞒，瞒，瞒！

前三句说世道人情很薄，好像黄昏时下雨，花容易凋落。下几句写心情无处申诉的寂寞感。下片说时光过去，人已分离，病魂像秋千索一样，即心神恍惚不安。怕人寻问，强作欢笑，更令人怜。一说此词系后人补写成篇，唐婉只写了头两句。

范成大 （1126—1193）

苏州吴县（今江苏苏州）人。绍兴二十四年（1154）进士。曾充赴金使节。

霜天晓角

晚晴风歇，一夜春威折。脉脉花疏天淡，云来去，数枝雪。　胜绝，愁亦绝，此情谁共说？惟有两行低雁，知人倚，画楼月。

此词咏梅。头两句写傍晚天晴风止了。一夜春寒的威风锐减，也就是天气转暖了。脉脉，含情不语，“花疏”“数枝雪”，都形容梅花；“天淡”“云来去”，写梅花上的天空。上片总的是写少数朵梅花初放在那样的天地之间。下片“胜绝”概括上片的描写，“愁亦绝”写胜景引起的愁情，下句说明愁的原因，叹胜景无人共赏。末写只有两行低雁似还了解月夜倚楼赏梅人的心情，其孤寂是可以想象的了。

朝中措

身闲身健是生涯，何况好年华。看了十分秋月，重阳更插黄花。　　消磨景物，瓦盆社酿，石鼎山茶，饱吃红莲香饭，侬家便是仙家。

上片似乎就是常听到的祝愿：花好、月圆、人寿。黄花就是菊花，是有许多美丽联想的佳节名花。下片写饮佳酿，品清茗，吃红莲香饭，观赏景物度日。写的是平常生活，但并不庸俗。

浣溪沙

江村道中

十里西畴熟稻香，槿花篱落竹丝长。垂垂山果挂青黄。
浓雾如秋晨气润，薄云遮日午阴凉，不须飞盖护戎装。

上片三句写地上景物：十里稻香，木槿花篱笆旁还有修竹，山果有青有黄垂挂在树上。好一幅有香有色的美丽风景画！这表现了作者对这片国土的热爱。下片写天空和气候，潮润阴凉，用不着用伞类保护军装。作者是屯驻边疆的大吏，这里表现了守卫国土的雄心壮志。

我顺便给你们讲一个故事。传说唐代南海向唐宫廷贡了一位奇女，她能用一缕丝分为三缕，染成五彩，用来编结为伞盖五重，其中有天人、玉女、台殿、麟凤等形象。这个伞盖叫“飞仙盖”，词中的飞盖就用的是这个典故。

杨万里 （1127—1206）

吉水（今江西吉安市）人，字廷秀，号诚斋。宋高宗绍兴二十四年（1154）进士，做过四朝的官，关心国事，主张抗金。他是南宋著名诗人，诗风与词风都清新自然。

好事近

七月十三日夜登万花川谷望月作

月未到诚斋，先到万花川谷。不是诚斋无月，隔一庭修竹。　　如今才是十三夜，月色已如玉。未是秋光奇绝，看十五十六。

万花川谷是离作者住宅不远的地方，从百花之名和月光首先普照，作者先去那里望月的情形来看，一定是风景极佳，十分幽静的。作者用同样的笔法写自己书斋的幽静清雅——遮住月光的是又高又密的竹。下片写月光，是自然界的常有现象，但作者写来却使读者感到绝非老生常谈的俗套，而有亲切的同感。

昭君怨

赋松上鸥。晚饮诚斋，忽有一鸥来泊松上，已而复去，感而赋之。

偶听松梢扑鹿，知是沙鸥来宿。稚子莫喧哗，恐惊他。　俄顷忽然飞去，飞去不知何处。我已乞归休，报沙鸥。

扑鹿，形容海鸥的飞声，闻声知它来松梢栖息，因令儿童不要大声叫嚷惊动它。俄顷，不多一会儿，鸥又不知飞到什么地方去了。末两句说自己已请退隐，想约鸥为伴，所以报知它。

中国古书中有故事写到，人若持友好态度，没有损害的意图，可以感动鸟类如鸥，与人为伴。英国博物学家哈德生（H. W. Hudson）爱写鸟类生活，写有的动物与人产生友谊，鸟怀恩报德，多年访问恩主的故事。奶奶选译过一些篇，集为《鸟与兽》，你们若有兴趣，可以阅读，很有意思。

王质 （生卒年代不详）

郓州（今属山东）人，绍兴三十年（1160）进士。

鹧鸪天

山行

空响萧萧似见呼，溪昏树暗觉神孤。微茫山路才通足，行到山深路亦无。　　寻草浅，拣林疏，虽疏无奈野藤粗。春衫不管藤挡碎，可惜教花著地铺。

首句写山里似乎有些什么东西呼唤他，但又不知道究竟是什么，有声更显得幽静。前两句写看不清楚溪水树木，自己有孤寂之感。看不清的小路上容得下脚，但走到山深处小路也没有了。下片写挑选草浅树疏的地方走，但又有粗藤阻挡（挡读chōu，这里作抓住、牵挂解）。粗藤把春衫抓住弄破了。且不去管衣破，可惜花本可以在这里自开自落，却因这一牵扯，似乎我特意使花落了满地似的，倒让我觉得有些抱歉了。全词把山行和行人的心理都写得很细致。“教”在这里读 jiāo。

沈端节 （生卒年代不详）

吴兴人，寓居溧阳（今属江苏省）。

虞美人

去年寒食初相见，花上双飞燕。今年寒食又花开，垂下重帘不许、燕归来。

隔帘听燕呢喃语，似诉相思苦。东君都不管闲愁，一任落花飞絮、两悠悠。

因为离愁而迁怒，既厌听燕语呢喃，又怨东风不管闲愁。这种情绪是常有的，平直写出，不无风趣。

张孝祥 （1132—1170）

历阳乌江（今安徽和县东北）人。绍兴二十四年（1154）廷试第一。有人称他平昔未尝著藁（打草稿），笔酣兴健，顷刻即成。

如梦令

木犀

花叶相遮相映，雨过翠明金润，折得一枝归，满路清香成阵。风韵，风韵，寄赠绮窗云鬓。

先写木犀（桂）花的叶、花朵和香味，次写折得一枝，寄赠绮窗内所爱的人。

念奴娇

过洞庭

洞庭青草，过中秋，更无一点风色。玉鉴琼田三万顷，著我扁舟一叶。素月分辉，明河共影，表里俱澄澈。悠然心会，妙处难与君说。　　应念岭表经年，孤光自照，肝胆皆冰雪。短发萧骚襟袖冷，稳泛沧溟空阔。尽吸西江，细斟北斗，万象为宾客。扣舷独笑，不知今夕何夕。

洞庭湖南边是青草湖，二湖往往并称为洞庭。中秋之后，风平浪静。鉴是镜，琼是玉，二者形容二湖水面在月光下如镜似玉。一叶扁舟在湖面泛游，明月的光辉照耀着湖面，银河向湖面投下阴影，身外水天一色，内心也同样清澈纯净。此中妙趣，自己心领神会，但难以向别人形容。下片回忆往事，抒写情怀。岭表，岭南，在五岭以外。这里写的是作者于乾道二年（1166）被政敌诬陷，罢官取道湖南北归，路过洞庭。孤光，指清冷的月光；自照，言自身孤独，但内心高洁，有如冰雪。下两句写自己的行动：短发轻装，潇洒自在，在空阔无边的大水中，稳稳泛舟。意思是一切不如意的事都已置之度外。西江指长江注入洞庭之水；北斗指北斗七星，其形如酒勺；万象指天地间万物——吸尽西江的水当酒，用北斗七星作酒勺，邀天地间万物做宾客畅饮，形象地写出了作者的豪放胸怀。因此能扣船舷（船边）独自笑吟，把时间都忘记了。

吕胜己（生卒年代不详）

建阳（今属福建）人，曾受学于朱熹。淳熙辛丑（1181）为杭州守，以事罢归。

蝶恋花

眼约心期常未定，邂逅今朝，暂得论心曲。忽坠鲛珠红簌簌，双眸剪水明如烛。　　可恨匆匆归去速，去去行云，望断凄心目。何似当初情未熟，免教添得愁千斛。

一上来只是眉目传情，动心而无定。今早偶然相逢，短时彼此说明了相爱之情。忽然看到她簌簌落泪，双眼亮晶晶的。但可惜她如行云忙匆匆归去，伤心地看不到人影了。倒不如无此一见，只有初萌的情思，免受现时的千钧愁苦了。

赵长卿 （生卒年代不详）

自号仙源居士，南丰（今江西南丰）人，宋宗室。词模仿张先、柳永。著有《惜香乐府》。

浣溪沙

寒食风霜最可人，梨花榆火一时新。心头眼底总宜春。
薄暮归吟芳草路，落红深处鹧鸪声。东风疏雨唤愁生。

寒食天气虽有风霜，但不冷不热，对人最合适。梨花榆树一时显得新鲜。眼前的景物，心头的情绪，对这时春日的天气都很适宜。傍晚在路上边走边吟，落红和鹧鸪鸣叫声引起联想，又有微风细雨，心头不免泛起轻愁。写景抒情都平淡自然。

朝中措

梅

别来无事不思量，霜日最凄凉。凝想倚阑干处，攒眉应为萧郎。　　梅花岂管人消瘦，只恁自芬芳。寄语行人知否？梅花得似人香。

离别后事事思量，觉得日子凄凉难过。因为自己思念伊人，想象伊人也倚着阑干，为思念自己而愁眉不展。下片想象梅花虽然不关心人为相思而消瘦，尽自开花发香，但自己却想到告知伊人，是不是闻到的花香应当像闻到人香一样。

江神子

夜凉对景

彩云飞尽楚天空，碧溶溶。一帘风，吹起荷花、香雾喷人浓。明月凄凉多少恨，恨难许、我情钟。　　相思魂梦几时穷？洞房中，忆从容，须信别来、应也敛眉峰。好景良宵添怅望，无计与、一樽同。

楚天指西湖一带旧楚地的天空，云尽一片碧蓝。起了风，吹送荷花浓香扑鼻。在这凄凉的月明之夜，多恨难对伊人相诉自己情之所钟。梦里相思是无穷无尽的，料想别后，伊人也愁眉常敛，思念自己吧？好景良宵，心里倍加惆怅，无法同饮一杯，共解愁怀。

诉衷情

花前月下会鸳鸯，分散两情伤。临行祝付真意，臂间皓齿留香。　　还更毒，又何妨，尽成疮！疮儿可后，痕儿见在，见后思量。

两人相爱情笃，离别情伤，伊人为表示真情，用洁白的牙齿咬啮情人的手臂。咬得感染成疮，但这又有什么关系呢？疮好了，伤痕还在，再见时正好引起两人的愉快回想。

辛弃疾 （1140—1207）

字幼安，号稼轩。历城（今属山东）人。他出生时，山东已为金人所占。幼年目睹金人对汉人的残暴，21岁即参加抗金义军。绍兴三十二年（1162）义军领袖耿京派辛弃疾与南宋联系，商谈抗金问题，回来时耿京被叛将张安国暗杀，义军已溃散。辛弃疾号召义军万人反正，生擒了张安国，但抗金战事未获成功。

辛弃疾南归后几十年中，一直坚持抗金主张，与主和派对抗，但始终壮志难伸。1207年9月，在瓢泉（今江西铅山地）逝世。

青玉案

元夕

东风夜放花千树，更吹落，星如雨。宝马雕车香满路，凤箫声动，玉壶光转，一夜鱼龙舞。　　蛾儿雪柳黄金缕，笑语盈盈暗香去。众里寻他千百度，蓦然回首，那人却在，灯火阑珊处。

元夕，正月十五夜，元宵节，又称灯节，是民间玩灯的时候。我小时看过多次，现在你们很少机会看到了。全词写灯节盛况和在灯光明亮处见到心爱伊人的惊喜。我读这首词特别觉得亲切，因为引起一些童年的愉快回忆。花千树，使我想到童年所见的“花枝”灯。几十人举着上面点满蜡烛的真树枝，排成一行缓缓行走，枝上满是鲜艳的花朵和翠绿的叶子（人工制的）。那时候有一种习俗，你们听起来恐怕很不理解了，我也当故事给你们谈谈吧。做父母的人认为早早为子女订婚，是神圣的义务；订过婚的女孩就不能随便走出闺门，抛头露面了。因此，订过婚的男女孩子，绝无见面的机会。我们上小学的三个同学，十几岁，都早已订过婚了，接触过一点“新学”，虽然对这种习俗还谈不上有反抗思想，却也不认为神圣不可侵犯了。我们窃窃私议，乘灯节的机会，偷看看家长为我们选定的意中人。花枝灯照得街两旁很明亮，我们跟着高举花枝灯的人边看边走。“众里寻他千百度，蓦然回首，那人却在，灯火阑珊处。”——我们看到了之后同台静农爷爷结成恩爱幸福夫妇的于姐。多年后谈起来，我们还认为是一大快事。

那时也有做成鱼形的灯随着舞的，不过不像“龙灯”一样由众人擎着舞罢了。“鱼龙舞”即龙舞，你们在电视里还常看到，这是灯节必有的节目，我们童年是最喜欢看的。但我童年还看过很不爱看的“懒龙”，就是10多人高举着一条龙，不仅不舞，也不动，只偶然晃一晃头，仿佛刚刚醒来一样。我们看到它很不耐烦，之后就不再见它登场了。我那时就想，中国人民是勤劳的，举着它加入灯会，大概有点讽刺的意味，之后像自然界的恐龙一样，遭到淘汰了。

现在我们讲讲词的本身吧。头三句，一说都泛指各种灯，既像万树花开，又像吹落了满天星斗。总之是灯既美又多。又有人引《东京梦华录》：京师各坊巷以竹竿出灯球放半空，远近高低，若飞星然。一说前三句是写“放花”：先说初放，次说放后，花和星都是幻景。第四句写骑良马坐华美车辆看灯的人很多，香风阵阵。凤箫，形参差如凤翼，声如凤鸣，故名。玉壶，月亮；月下落，天色渐晚（光转），但鱼龙灯还彻夜舞动。蛾儿、雪柳、黄金缕，妇女的装饰品，泛指华装的妇女。边谈边笑，仪态优美，散发着香味过去了，在众人中千百次寻找意中人都未见到，忽然回头，却见到那人儿在灯火稀少的地方呢。

摸鱼儿

淳熙己亥，自湖北漕移湖南，同官王正之置酒小山亭，为赋。

更能消几番风雨，匆匆春又归去。惜春长怕花开早，何况落红无数。春且住，见说道，天涯芳草无归路。怨春不语，算只有殷勤，画檐蛛网，尽日惹飞絮。　　长门事，准拟佳期又误，蛾眉曾有人妒。千金纵买相如赋，脉脉此情谁诉？君莫舞，君不见、玉环飞燕皆尘土。闲愁最苦。休去倚危栏，斜阳正在，烟柳断肠处。

淳熙己亥，南宋孝宗淳熙六年（1179）。作者调任湖南转运副使（漕是省称）。王正之是作者的同事。小山亭在鄂州（今武昌），湖北转运副使官署内。

消，经得住。经不起几番风雨，春天就匆匆过去了。长怕，总是怕，因为珍惜春天，怕花开得太早，可是现在花已经谢落不少了。春天先留下莫走吧，听说（见说）天涯长满芳草，已经没有回去的路了。可恨春并不答话。只有画檐下的蜘蛛网还算殷勤，整天把柳絮捕捉住，算是留住春的痕迹吧。

这首词是有象征意义的，上片写的是惜春归去，实际是比喻北宋大片河山被金人侵占之后，南宋并无收复失土的心，国事更是乱糟糟的，作者抗金的主张无法实现。落红无数，春归无路，蛛网捕絮，都是上言情况的形象化描写。下片长门事五句，表面写的是：汉武帝的陈皇后失宠，幽居长门宫，赠百斤黄金给司马相如，请他写赋，感动皇帝，使与后言归于好。事实上并未做到，因为有人嫉妒，深情无法申诉。实际比喻作者一片抗金爱国热忱，被人谗妒，无法实现。君莫舞，劝你们（指争权夺利，诽谤排挤作者的群小）不要欢舞吧，因为玉环、飞燕都已经化为尘土了。玉环是唐玄宗的爱妃杨贵妃，飞燕是汉成帝的皇后赵飞燕，都是一时的走红人物，用以比喻得意的群小。她们既已化为尘土，你们也要因亡国而同归于尽了。末写南宋的惨淡危急情况。

破阵子

为陈同甫赋壮词以寄之

醉里挑灯看剑，梦回吹角连营。八百里分麾下炙，五十弦翻塞外声。沙场秋点兵。　　马作的卢飞快，弓如霹雳弦惊。了却君王天下事，赢得生前身后名，可怜白发生。

陈同甫名亮，作者的友人。

挑灯，把灯光拨亮些。吹角连营，许多兵营里都吹起军中的号角。醉里看剑，梦中听角，都表明身心时时离不开军队。八百里4句，不如给你们讲讲有关的故事，或许更容易明白。《世说新语》里说，王君夫有一头牛，起名“八百里驳”（驳读bó，猛兽名），自己很喜爱，常把牛的蹄角擦得很亮。王武子对王君夫说，我射箭的功夫不如你，可是想以射牛赌个输赢，你意下怎样？君夫自恃箭术高明，而且忖度他不会杀伤自己心爱的牛，便让武子先射。不料武子一箭射死了牛，还令人速取牛心烤熟，吃了一片就走了。八百里借指烤牛肉。分麾下炙，就是分给军队烤了吃。五十弦，指瑟，原为五十弦，后改为二十五弦，诗中有时称锦瑟。这句写边奏，表现边塞生活的塞外音乐。这是秋季点兵的情况。

马作，和弓如相对，作，意思与如相同。马的前额白色直到口齿的，称为的卢。这种马照《相马经》说跑得快，但乘者不吉。这句说马像的卢一样跑得如飞迅速。霹雳，闪电并有雷声，全句写射箭有力，声音大如霹雳。了却，办完了；君王天下事，指抗金胜利，收复失土，这样就可以生前死后都得到名声了。但末句表明：现在已经白发，理想并未实现，不免感慨万端。全词多写回忆，轻点现实，有画龙点睛之妙。

鹧鸪天

鹅湖归，病起作

枕簟溪堂冷欲秋，断云依水晚来收。红莲相倚浑如醉，白鸟无言定自愁。　　书咄咄，且休休。一丘一壑也风流。不知筋力衰多少，但觉新来懒上楼。

鹅湖在江西铅山县东。枕头席子都凉了，有将到秋天的样子，水边的云晚来也散了。红莲如醉，白鸟无言，情景十分幽美，表现了病愈后闲逸心情。下片前句（书咄咄）的解释有分歧，我想最好先给你们讲个小故事。晋代有个殷浩，被罢官放逐之后，表面并无怨言，仿佛处之坦然，但终日对空书写“咄咄怪事”四字。有的注者说，“书咄咄”是用这个典故。但另有注者说，殷浩是个官迷，清高是伪装的，品格与作者正好相反，作者绝不会用这个故事，以殷自喻。你们问我，这两句倒是啥意思呢？这倒使我有点为难了。我就姑妄言之，你们也就姑妄听之吧。晋代诗人有这样两句诗：“冉冉逝将老，咄咄奈老何！”作者当然想到这两句诗，但词末一句叹老的心情，同诗意很相近，书咄咄只是年老身闲，做点事儿消遣。且休休，也还得讲个小故事：《旧唐书》中说司空图作过一篇《休休亭记》，其中说：“盖量其才，一宜休，揣其分，二宜休，耄且聩，三宜休。又少而惰，长而率，老而迂，是三者皆非济时之用，又宜休也。”总之，自以为才浅、年老、迂腐、耳聋，不足济时，以休为好。作者未必想到这些，但一面愤世，因欲济时而不得，一面惜无奈老何，因觉懒上楼。但作者对祖国的山河还是热爱的：“一丘一壑也风流”嘛；不过大部分河山已被金占，破碎不堪了，最后的“懒上楼”似乎就有弦外之音了。

定风波

暮春漫兴

少日春怀似酒浓，插花走马醉千钟。老去逢春如病酒，唯有、茶瓯香篆小帘栊。　　卷尽残花风未定，休恨，花开元自要春风。试问春归谁得见？飞燕、来时相遇夕阳中。

上片将青少年时期和老年时期生活加以对比，特别逢春情怀大异。但不同时期有不同生活是自然规律，作者的态度，可以从下片对待春风的两句诗中看出。这是达观的。当然我们知道，作者老年还胸怀壮志，关心国家命运，时时作词抒怀，并不是只饮茶、焚香、默坐。想象春和飞燕在夕阳中相遇，诗情也不减当年。

清平乐

检校山园书所见。

连云松竹，万事从今足。拄杖东家分社肉，白酒床头初熟。　　西风梨枣山园，儿童偷把长竿。莫遣旁人惊去，老夫静处闲看。

首句写松竹已经长到高入天空了，山园里可算万事俱备了。社，指社日，民间祭土地神的节日，既分到肉，又有白酒，可以过小康的生活了。下片写梨枣满园，儿童持竿欲偷，老人颇有风趣，只想在静处看看，不愿让别人去惊动他们。

清平乐

茅檐低小，溪上青青草。醉里吴音相媚好，白发谁家翁媪。　　大儿锄豆溪东，中儿正织鸡笼。最喜小儿无赖，溪头看剥莲蓬。

写农村景象和农民生活，生动清新，好像一首很好的田园牧歌。头两句写低矮茅舍和周围有溪有草。以下写到人：一对老年男女（翁媪是老年夫妇尊称）微醉用吴语（江浙一带的话）交谈，相媚好既形容吴音柔美，也形容夫妇感情融和。大儿锄豆，中儿织笼，都干着农村常见的活。小儿不干什么活，只在河边看剥莲蓬（一作“卧剥”，那就是还干一点活或者剥了自己吃），天真好奇的憨态引得老夫妇最为疼爱。“无赖”有顽皮淘气而令人喜爱的含意，“最喜”二字就把含意点得很清楚了。

人生是多彩的，海阔天空的场面固然令人惊叹，碎锦组成的画图，不也很可喜爱吗？

清平乐

独宿博山王氏庵

绕床饥鼠，蝙蝠翻灯舞，屋上松风吹急雨，破纸窗间自语。　　平生塞北江南，归来华发苍颜。布被秋宵梦觉，眼前万里江山。

博山，山名，离今江西广丰县西南约30里。庵，茅舍。

上片写茅舍内情况：饥鼠、蝙蝠乱跳旋飞，屋上狂风急雨，窗纸破了，仿佛在自言自语。写得十分生动。下片回忆抒情，文字精练，感情深刻。平生句写他为国事（抗金）在塞北江南多地奔波。归来句写淳熙八年（1181）作者罢官回到上饶家中，虽才40多岁，却已经头发灰白，面色苍老了。秋夜已凉，又心事重重，所以容易梦醒，但所关怀的还是祖国万里江山被金侵占，自己恢复国土的壮志未酬是一大憾事。

满江红

敲碎离愁，纱窗外、风摇翠竹。人去后，吹箫声断，倚楼人独。满眼不堪三月暮，举头已觉千山绿。相试将、一纸寄来书，从头读。　相思字，空盈幅；相思意，何时足。滴罗襟点点，泪珠盈掬。芳草不迷行客路，垂杨只碍离人目。最苦是、立尽月黄昏，阑干曲。

词写离愁别恨。前三句写窗外风摇翠竹，激起离愁。次写人去后再也听不到箫声，只有独倚阑干思念了。楼外暮春景色也不能使人安慰，只有重读来信，聊以自慰了。

下片写信中虽充满相思字句，但不足解慰相思之情。因而满眼泪珠滴湿罗襟。道路不能阻止人前来，但垂杨却碍人眼目不能相见。月夜黄昏，倚阑独立是最苦的了。

满江红

暮春

家住江南，又过了、清明寒食。花径里，一番风雨，一番狼藉。红粉暗随流水去，园林渐觉清阴密。算年年、落尽刺桐花，寒无力。　　庭院静，空相忆；无说处，闲愁极。怕流莺乳燕，得知消息。尺素如今何处也，彩云依旧无踪迹。谩教人、羞去上层楼，平芜碧。

清明过后，已到暮春，一经风雨，便落花狼藉，显得乱糟糟。佳人他去，绿荫渐密，刺桐花落尽，春寒也不太厉害。庭院幽静，白白想念，又无处诉苦。如今书信无处可寄，佳人仍不知在什么地方。青草平原，遥遥千里，使人不好意思登楼远望，因怕黄莺乳燕知情见笑。

王孙信

调陈翠叟

有得许多泪，又闲却、许多鸳被。枕头儿、放处都不是，旧家时，怎生睡？　　更也没书来，那堪被、雁儿调戏？道无书，却有书中意：排几个、人人字。

此调见《稼轩词》，原名寻芳草，自注一名王孙信。调，戏赠。陈翠叟大概是作者的友人。词写夫妇离开，夫思念流泪，连枕被都异样了，无法入睡。又没有书信前来，雁儿却开玩笑，排成人字队儿，也就算是书信吧！

临江仙

手捻黄花无意绪，等闲行尽回廊。卷帘芳桂散余香。枯荷难睡鸭，疏雨暗池塘。　　忆得旧时携手处，如今水远山长。罗巾浥泪别残妆。旧欢新梦里，闲处却思量。

黄花（菊花）、桂花、枯荷都表示秋景。这时情绪不佳，只随便在回廊里闲步。下片说明因为昔日携手同游的人，现在已经隔着万水千山了。不过有时还在新梦里回忆旧欢。

西江月

夜行黄沙道中

明月别枝惊鹊，清风半夜鸣蝉。稻花香里说丰年，听取蛙声一片。　　七八个星天外，两三点雨山前。旧时茅店社林边，路转溪桥忽见。

黄沙岭，在江西上饶县西。

首句说鹊因月明受惊，从一枝跳到另外一枝。这句同第二句对得极工：明月、清风；别枝、半夜；惊鹊、鸣蝉。全对得很好。三四句写稻香蛙声，把二者联系起来，仿佛蛙声预报丰年，就更富有诗的风味了。下片头二句似乎随手写来，但也有文学联想：唐卢延让有《松寺》一诗，中有两句：“两三条电欲为雨，七八个星犹在天。”文学联想可以提高并丰富文学欣赏能力，十分重要，但我并无学力，多为你们举例，目前也无必要，因为只是启蒙。不过，有这点常识，长大读书多留心就好了。同时不要作钻牛角尖的学究。

社，土地祠。习俗在祠旁种植本地常见易长的树木，社林即指这些树。旧时常见的茅店，转过桥边，忽然又见到，惊喜之情很富有感染力量。

西江月

遣兴

醉里且贪欢笑，要愁那得工夫。近来始觉古人书，信著全无是处。　　昨夜松边醉倒，问松我醉何如？只疑松动要来扶，以手推松曰：“去！”

醉态写得十分活跃。你们看，所用的只是一个细节，就收到很大的艺术效果，这是应当细细体会的。顺便对你们谈点人生哲学吧！欢笑不要多愁，对身心平衡发展很有好处，希望你们能身体力行。至于“古人书，信著全无是处”，却要经过思考，哪些是应该相信，哪些是应该不信的，哪些是应该实践的，哪些是应该抛弃的。这句词教人不要迷信，倒是很好的劝告。我们选读的诗词，也不是篇篇都是珠玉，你们喜欢的，可以随意背诵，不喜欢的，读读就完了。当然这也不能绝对化，不喜欢的，或者因为经验不足，未能体会。欣赏能力也要经验深化多样，才可以逐步提高。

丑奴儿

书博山道中壁

少年不识愁滋味，爱上层楼。爱上层楼，为赋新词强说愁。　　而今识尽愁滋味，欲说还休。欲说还休，却道天凉好个秋。

博山在江西广丰县西南30里，离作者所居信州（今江西上饶）不远，他常来往二地道中。

上片说少年时天真烂漫，本无愁无虑，爱上高楼，只是为玩耍。但为要写新词，无愁而勉强说愁。当然这种愁也不过伤花落春去。下片的愁却包括作者的人生经历：抗金之志未酬，遭投降派诽谤排挤，等等。这种愁关系到民生国事，多说倒容易惹祸，所以只好闷在心里，欲说还休，只说秋天很凉快了。全词文字浅显，老少对比也平平常常，但感情沉痛深厚，意境崇高。

临江仙

壬戌岁生日书怀

六十三年无限事，从头悔恨难追。已知六十二年非，只应今日是，后日又寻思。　　少是多非惟有酒，何须过后方知？从今休似去年时：病中留客饮，醉里和人诗。

壬戌是嘉泰二年（1202）。在人生旅程中，觉今是而昨非，是心理的常态。在人的一生中，总难免犯这样或那样的错误，只要知过必改，也不必形成精神上的负担，影响前进。《淮南子》载：蘧伯玉行年五十，知四十九年之非。作者此时已是六十三岁，所以说已知六十二年非。词中所说病中留客，醉里和诗，略可见作者的真性情，他还以此自责，可见在大的原则问题上（例如主战抗金），他是会更严格要求自己的了。这是你们应当思考学习的地方。

刘过 （1154—1206）

吉州太和（今江西泰和）人。字改之，号“龙洲道人”。曾上书提出恢复中原方略，未被采用。曾与辛弃疾以词相酬和。后流浪以终。

沁园春

寄稼轩承旨，时承旨招不赴

斗酒彘肩，风雨渡江，岂不快哉！被香山居士，约林和靖，与坡仙老，驾勒吾回。坡谓西湖，正如西子，浓抹淡妆临镜台。二公者，皆掉头不顾，只管衔杯。　白云“天竺去来，图画里、峥嵘楼阁开。爱纵横二涧，东西水绕；两峰南北，高下云堆”。逋曰“不然，暗香浮动，不若孤山先探梅”。须晴去，访稼轩未晚，且此徘徊！

嘉泰三年（1203），作者在杭州，辛弃疾邀请他去绍兴一游，刘过写此词答复，先不能去。据说辛见词大喜，之后还邀刘去宴游一月。

刘在词中把三个不同时代的诗人拉到一起，各用他们诗意争论应先游何地，想象奇特，富有风趣。最后点明不负友人相邀之情，感情真挚，文字自然。

首三句写携带斗酒猪肩，不畏风雨，渡过钱塘江，会友畅游，谈诗论文，岂不是一大快事！可是被白居易（香山居士）、林和靖、苏东坡（坡仙老）强留下来，走不脱。词先用苏东坡诗意，劝大家先游西湖。苏诗是这样的："湖光潋滟晴方好，山色空濛雨亦奇。欲把西湖比西子，淡妆浓抹总相宜。"可是其他二公对此掉头不顾，只管饮酒。下片先用白居易诗意，强调天竺山美景，劝大家先去游玩那里。白居易有这样诗句："楼殿参差倚夕阳"（《西湖晚归回望孤山寺赠诸客》），"湖上春来似画图"（《春题湖上》），"东涧水流西涧水，南山云起北山云"（《寄韬光禅师》）。刘词把诗句融合而成。林逋隐居孤山，喜欢梅花，曾作诗吟咏，有这样一首："众芳摇落独暄妍，占尽风情向小园。疏影横斜水清浅，暗香浮动月黄昏。霜禽欲下先偷眼，粉蝶如知合断魂。幸有微吟可相狎，不须檀板共金尊”。（《山园小梅二首》之一）他主张先去孤山探梅。这三位诗人都与杭州有密切关系，又都写过与当地名胜有关的诗，这种文学联想更增加词的诗趣。

姜夔 （约 1155—1221）

字尧章，因居吴兴武康，与白石洞天为邻，因号“白石道人”。鄱阳（今属江西省）人，一生未做过官。常在鄂、赣、皖、苏等地间漫游，在杭州逝世。有《白石词》一卷。

长亭怨慢

予颇喜自制曲，初率意为长短句，然后协以律，故前后阕多不同。桓大司马云：“昔年种柳，依依汉南；今看摇落，凄怆江潭。树犹如此，人何以堪！”此语予深爱之。

渐吹尽、枝头香絮，是处人家，绿深门户。远浦萦回，暮帆零乱向何许。阅人多矣，谁得似长亭树？树若有情时，不会得青青如此。　　日暮，望高城不见，只见乱山无数。韦郎去也，怎忘得玉环分付？第一是早早归来，怕红萼无人为主。算空有并刀，难剪离愁千缕。

桓大司马，为桓温。他的话只有“树犹如此，人何以堪？”序中六句，出庾信的《枯树赋》。

词首句写暮春时节，柳絮已渐被风吹尽了。二三句写所爱人的家屋，在绿林深处。四五句写远处有水环绕，傍晚可见零乱船帆，不知要开到什么地方去。此处似想象船中旅客，应有怀离愁别恨的，因此写到驿站十里长亭边的树，若有情，应会同样感到离愁，不会如此青青。这就联系到序中的“树犹如此，人何以堪”，也与全词的意思贯通了。下片日暮三句写不见高城，只见乱山，可见环境荒凉，更增加寂寞感了。关于韦郎和玉环有这样一段故事：“韦皋游江夏，与青衣玉箫有情，约七年再会，留玉指环。八年，不至，玉箫绝食而殁。后得一歌姬，真如玉箫，中指肉隐如玉环。”（见《云溪友议》）以下以韦郎和玉环做比喻，显然系怀人之作。二人也终于未再会合，所以说虽有并州所产的锋利剪刀，也剪不断千缕离愁。

暗香

辛亥之冬，余载雪诣石湖。止既月，授简索句，且征新声，作此两曲，石湖把玩不已，使工妓肄习之，音节谐婉，乃名之曰《暗香》《疏影》。

旧时月色，算几番照我，梅边吹笛？唤起玉人，不管清寒与攀摘。何逊而今渐老，都忘却、春风词笔。但怪得竹外疏花，香冷入瑶席。　江国，正寂寂。叹寄与路遥，夜雪初积。翠尊易泣，红萼无言耿相忆。长记曾携手处，千树压、西湖寒碧。又片片吹尽也，几时见得？

辛亥，宋光宗绍熙二年（1191）。石湖在苏州西南，通太湖。范成大住在这里，号“石湖居士”。《暗香》《疏影》，取自林逋《山园小梅》：“疏影横斜水清浅，暗香浮动月黄昏。”

词的头五句是往事回忆：几次月夜在梅边吹笛，并冒清寒，与所爱的人一同攀折梅花。何逊8岁即能赋诗，曾做过扬州法曹（官名），官署内有梅花一株，逊常在树下吟咏。之后住在洛阳，很想念这株梅花，再往扬州，梅正盛开，逊终日观赏，不忍离去。作者以何逊爱梅自喻，但自叹渐老，诗情不像以前浓厚了。“但怪”三句写范成大宴请赏梅，闻到竹外梅香，又引起往事回忆。下片先写“江国”，指江南水乡，“寂寂”，冷清清的。次叹息路远雪积，无法寄梅以表相思之情，又叹往事徒成空忆。寄梅是用吴陆凯寄梅给范晔的故事。在西湖携手共赏千树梅花的旧欢已经是一去不复返，但是千树梅花依然靠近雪后的西湖碧水开放。梅花将片片落尽，不知何时能再见梅开的美景。慨叹“翠尊易泣，红萼无言耿相忆”（“酒入愁肠，化作相思泪”，梅花无言相慰），是很自然的了。

疏影

苔枝缀玉，有翠禽小小，枝上同宿。客里相逢，篱角黄昏，无言自倚修竹。昭君不惯胡沙远，但暗忆，江南江北。想佩环，月下归来，化作此花幽独。　　犹记深宫旧事，那人正睡里，飞近蛾绿。莫似春风，不管盈盈，早与安排金屋。还教一片随波去，又却怨、玉龙哀曲。等恁时，重觅幽香，已入小窗横幅。

苔是苔梅，有两种，一种枝干上苔藓特厚而花多，一种苔如绿丝，长一尺余。词首句写苔梅枝上开着白花。二三句写枝上有一双翠鸟同宿。客里，指在范成大家做客，下两句写梅树像美人一样，黄昏时在篱边自倚修竹，默默无言。昭君以下几句是以她比喻梅花。昭君即王昭君，原为汉元帝宫人，为和亲，嫁给匈奴的单于。死后即葬在异域，墓上的草长青，因名青冢，遗址在呼和浩特境内。词写她不耐胡地风沙之苦，心中暗暗怀念故国江南江北，因此月夜归来，化为幽独的梅花。这种想象，以前的人也有过。姜词复用，比喻极着。有人认为隐含北宋亡国，钦徽二帝被掳之悲。下片前三句又用了一个与梅花有关的故事，也就是“深宫旧事”：南朝宋武帝的女儿，一天睡在含章殿帘下，梅花飘落到她的额上，留下5瓣花影，两日后才洗掉，之后仿之做梅花妆。蛾绿，染黛的眉。莫似三句有惜花之意，想安排金屋储藏，以免春风“不管盈盈”（不顾梅花之美色），把梅花早早吹谢。“金屋”虽只做比喻，也涉及一个小故事：汉武帝的姑母有个女儿，名叫阿娇，武帝幼时，她指着阿娇问他，“阿娇好否？”武帝笑对：“若得阿娇作妇，当作金屋贮之也。”玉龙，笛子，玉形容其华美装饰，尤形容其声音。“哀曲”，指笛曲《梅花落》。恁时，什么时候；幽香指梅花；末句说只有在画幅中求之了。

《暗香》和《疏影》，一般认为是姜夔的代表作，因为用典和化用别人诗句多，比较难懂，解释也很不一致。我只能讲讲大意，不一定完全准确。

李从周 （生卒年代不详）

眉州（今四川眉山）人。精六书之学，曾著《字通》。

谒金门

花似匝，两点翠娥愁压。人又不来春且恰。谁留春一霎。　消尽水沉金鸭，写尽杏笺红蜡。可奈薄情如此黠，寄书浑不答。

女面如花，愁容压着双眉。春光正好（恰），但人却不来。谁能把春留住一会儿呢？熏炉里的香已经消尽，杏红色的蜀笺已经写完，红烛也点完了，无奈薄情的人如此狡猾，寄信去他全不理。

清平乐

美人娇小，镜里容颜好，秀色侵人春帐晓。郎去几时重到？　　叮咛记取儿家：碧云隐映红霞，直下小桥流水，门前一树桃花。

头两句形容女子娇美。次两句写离别时她问情人几时重来。下片写她叮咛情人莫要忘了她家周围美景，写景实已抒了盼归之情。少女痴情憨态写得含蓄微妙。

刘克庄 （1187—1269）

莆田（今属福建）人。宋理宗淳祐六年（1246）赐同进士出身。他反对南宋政权妥协苟安，渴望恢复北方土地，因作落梅诗被谗免官，病废10年。词风近辛弃疾。

清平乐

五月十五夜玩月

风高浪快，万里骑蟾背。曾识姮娥真体态，素面原无粉黛。　身游银阙珠宫，俯看积气蒙蒙。醉里偶摇桂树，人间唤作凉风。

词运用神话材料，抒写豪迈怀抱和丰富想象。首两句写骑在蟾蜍背上（古代传说月上有蟾蜍），乘风破浪万里，到月宫游玩。三四句写在月宫见到偷食仙丹奔月的嫦娥，原来不施粉黛，面部素美。下片续写游览月中华丽宫殿，向下面一看，雾气蒙蒙。醉里摇动月中的桂树，人间便刮起了凉风。你们敢这样畅快地游玩一番吗？我希望你们敢！要骑在蟾蜍背上才有意思。

一剪梅

余赴广东，实之夜饯于风亭。

束缊宵行十里强，挑得诗囊，抛了衣囊。天寒路滑马蹄僵，元是王郎，来送刘郎。　　酒酣耳热说文章，惊倒东墙，推倒胡床。旁观拍手笑疏狂，疏又何妨，狂又何妨！

赴广东，指作者到广东潮州去就通判职。实之是作者的友人王实之，二人常有诗唱和。束缊，把长袍束起来，以便夜行。胡床是便于携带的交椅。下片写二人酒酣谈诗论文，使旁观者笑为疏狂，但他们并不在乎。全词写得自然生动。

长相思

朝有时，暮有时，潮水犹知日两回。人生长别离。　来有时，去有时，燕子犹知社后归。君行无定期。

这是恨离别的闺怨词。上片写早晨和晚上都有定时，潮水涨退每天两次也有一定规律，而人生却聚别无定，聚少离多。下片写燕子春社来，秋社去，也有定时，而你却行止毫无定期。

吴潜 （1196—1262）

宣州宁国（今属安徽）人。一说德清（今属浙江）人。嘉定十年（1217）进士第一。曾任左丞相，兼枢密使。后被劾谪。

诉衷情

几回相见见还休，说着泪双流。又听画角呜咽，都和作、一团愁。　　云似絮，月如钩。忆凭楼。蕙兰情性，梅竹精神，长在心头。

回忆往事。上片写几次相见，又垂泪分别，画角呜咽，形成一团离愁。下片写浮云新月，伊人凭阑独立情况。下三句写心头常记着伊人的如兰似蕙的性情和如竹如梅的精神。这也就是说她心灵纯洁、品格坚贞。

如梦令

楼外残阳将暮，江上孤帆何处？搔首立东风，又是少年情绪。凝伫，凝伫，一抹淡烟轻雾。

远看楼外，太阳即将落完，时近黄昏，江上孤帆，不知开往何处，伫立良久，周围只有一抹淡烟轻雾。环境是够清幽的了。“少年情怀似酒浓”，这时万种情绪涌上心头，是人生常有的经验，词只点到这一瞬间，而不铺陈琐述，留给读者结合自己的经验思索，含蓄而极有韵味。

少年时期，人的生理和心理上都发生剧烈变化，喜怒哀乐的情绪纷至沓来，往往使人晕头转向，保持不了身心的平衡。第一，要了解这种现象是正常的，不要有任何恐惧心理。第二，要有知识和勇气，抓紧时机，使生活向高、深、广处发展。时时记住：“莫等闲白了少年头，空悲切！”

如梦令

镇日春阴漠漠，新燕乍穿帘幕。睡起不胜情，闲拾瑞香花萼。寂寞，寂寞，没个人人如昨。

漠漠，弥漫的意思。韩愈有这样一句诗："漠漠轻阴晚自开。"新燕表明是初春时节。瑞香是木本花木，我只在故乡见过，是我父亲培植的。末句说明寂寞的原因。

黄孝迈　（生卒年代不详）

字德父，号雪舟，有《雪舟长短句》，不存。现仅存词两首。关于他的其他事迹毫无所知。

湘春夜月

近清明，翠禽枝上销魂。可惜一片清歌，都付与黄昏。欲共柳花低诉，怕柳花轻薄，不解伤春。念楚乡旅宿，柔情别绪，谁与温存？　　空樽夜泣，青山不语，残月当门。翠玉楼前，唯是有，一波湘水，摇荡湘云。天长梦短，问甚时、重见桃根？这次第、算人间没个并刀，剪断心上愁痕。

时近清明，翠禽歌声虽然动听，可惜只供黄昏欣赏。意外表示作者对它并不关心。柳花轻薄，不解伤春，心情也无法向它低诉。自己在楚地旅舍，孤苦寂寞，惜别柔情，无人可以安慰。下片写对酒看山，也只见到云彩在湘水上飘动，对自己并无同情。原因是夜长梦短，不知何时能重见桃根。王羲之的妾桃叶之妹名桃根，这里借指所爱的人。并刀是山西所产的锋利的剪刀，又没有它能剪断愁绪。

水龙吟

闲情小院沉吟，草深柳密帘空翠。风檐夜响，残灯慵剔，寒轻怯睡。店舍无烟，关山有月，梨花满地。二十年好梦，不曾圆合。而今老、都休矣。　谁共题诗秉烛，两厌厌，天涯别袂。柔肠一寸，七分是恨，三分是泪。芳信不来，玉箫尘染，粉衣香退。待问春，怎把千红换得、一池绿水。

上片着重写环境景物，都借景表现作者忆旧的寂寞心情，没有什么难懂的地方。风檐夜响，是旧时楼檐下往往有小铃，有风时发出轻柔声音，你们或者没有听过。下三句写年岁已老，20年前好梦是无法重圆的了。下片写旧时聚首题诗，秉烛夜游之乐，现在却不通音信，玉箫上积有尘土，衣上香味也没有了。末三句写春季花开不能同赏，残红凋谢，只留下一池绿水了。

吴文英 （约 1212—1272）

四明（今属浙江）人。本姓翁，入继吴氏。号梦窗，有《梦窗词稿》四卷，补遗一卷。

风入松

听风听雨过清明，愁草瘗花铭。楼前绿暗分携路，一丝柳一寸柔情。料峭春寒中酒，交加晓梦啼莺。　西园日日扫林亭，依旧赏新晴。黄蜂频扑秋千索，有当时纤手香凝。惆怅双鸳不到，幽阶一夜苔生。

清明时节常有风雨，自然也多落花；愁草是不乐意写，瘗（音伊）花，葬花，“瘗花铭”是借用庾信的篇名。绿暗分携路，折柳相赠分手的地方，寸寸柳丝都表现惜别的柔情。料峭，寒冷貌；中酒，病酒；交加，冷与病酒轮流使人难受。这句和“晓梦啼莺”是进一步渲染离愁。下片写天晴时还天天打扫林亭，欣赏园中景物。看到黄蜂扑秋千索，当是伊人的手留下的香味还残存在索上。双鸳，鸳鸯总是成对的，这里用以比喻鞋，也就是不见伊人的踪迹了。“一夜苔生”是夸张写法，其实久无人走过，清明又多雨，阶上生苔是很自然的。

浣溪沙

门隔花深梦旧游，夕阳无语燕归愁，玉纤香动小帘钩。
落絮无声春堕泪，行云有影月含羞。春风临夜冷于秋。

首句写花繁茂遮掩门户，是梦到或忆及的旧游地方。二句写夕阳西下，燕子归来，并无呢喃燕语，似是含愁。三句写伊人的纤细香手拨动小帘上的钩。这两句写梦或忆中的情景，言外有地方依旧，人已远去之意。下片第一句写柳絮无声落地，仿佛春在流泪，二句写月亮被行云所掩，仿佛她在含羞。末句写入夜春风刮着，比秋天还要冷，写景而使人有凄清之感。

朝中措

闻桂香

海东明月锁云阴，花在月中心。天外幽香轻漏，人间仙影难寻。　并刀剪叶，一枝晓露，绿鬓曾簪。惟有别时难忘，冷烟疏雨秋深。

词写因闻到桂花香而引起的联想。传说月亮中心有一株桂花，上片即联想到这个传说，明月把阴云驱散时，月中的桂花散发出幽香来，但在人间只闻到花香，却找不到仙影，即见不到意中人。下片因闻到桂香，回忆起一件往事：曾用锋利的剪刀剪去桂叶，将一枝带着朝露的桂花，插到伊人的头发上面。在深秋的冷烟疏雨中分别时的情形，是最令人难忘的。闻到桂香，就觉得天上人间都充满了离愁别恨。

唐多令

何处合成愁，离人心上秋。纵芭蕉不雨也飕飕。都道晚凉天气好，有明月，怕登楼。　　年事梦中休，花空烟水流。燕辞归、客尚淹留，垂柳不萦裙带住，漫长是、系行舟。

首句说心字上加一秋字，就合成了愁字。而这心是离人的。意思是说，离人的心上总免不了愁。即使天不下雨，芭蕉的叶子也飕飕作响。月明之夜，天气凉爽，离人也怕登楼远望，引起悲愁。年事，年岁，像落花流水一样，在梦中消逝了。燕子是候鸟，到时候就回去了，而我（客）却久留在外（淹留），不能归去。垂杨不把所爱的女子的裙带绕住（萦），却总是系住我的行舟，即不使心爱的人不离开，却把我久留在外。

徐君宝妻 （生卒年代不详）

岳阳（今属湖南省）人，不知其姓名，只从下词略知她的一段悲惨历史。

满庭芳

汉上繁华。江南人物，尚遗宣政风流。绿窗朱户，十里烂银钩。一旦刀兵齐举，旌旗拥，百万貔貅，长驱入，歌楼舞榭，风卷落花愁。　　清平三百载，典章文物，扫地俱休。幸此身未北，犹客南州。破鉴徐郎何在？空惆怅，相见无由。从今后，断魂千里，夜夜岳阳楼。

汉上，指汉水流域，包括岳阳等几个大城市，在当时还比较繁华。江南与汉上为互文，也就是指同一地区，风流人物也还有。从这两方面看，还有宋徽宗年号政和、宣和时期的遗风。那时候用油漆粉刷的豪华房屋（绿窗朱户），门窗的银钩闪闪发光，长达10里。追述这种表面繁荣，实际是对南宋末年苟安局面的鞭挞。与下文所写成为鲜明对照，增加了艺术效果。“一旦”以下，写元军凶如貔貅（读pí xiū，猛兽名，一说牡者为貔，牝者为貅）。长驱直入，将歌舞楼台，典章文物，摧毁无遗，像风卷落花一样。这种悲惨的亡国现象使人愁苦。“幸此身未北”以下，从一般描写转入个人遭遇，使乡国之忧更为深化。元兵攻占汉水流域各大城市，其中有词人故乡岳阳，这时她的丈夫徐君宝失踪，她本人被掳，但未被掳到北方，却带到了杭州（犹客南州），掳她的人想强娶她，她投水自杀，死前写了这首词。她虽想同她丈夫破镜（鉴）重圆，但不知他在什么地方，无法相见。徒增惆怅。末三句写死后的灵魂不会忘记故乡岳阳和丈夫，还要夜夜到千里之外的岳阳楼凝望。

文及翁 （生卒年代不详）

绵州（今四川绵阳县）人，后移居吴兴。宝祐元年（1253）进士，曾任官职。元兵将至时，弃官而去，终不再出。

贺新郎

一勺西湖水，渡江来，百年歌舞，百年酣醉。回首洛阳花世界，烟渺黍离之地。更不管，新亭堕泪。簇乐红妆摇画舫，问中流、击楫何人是？千古恨，几时洗？　　余生自负澄清志。更有谁、磻溪未遇，傅岩未起。国事如今谁倚仗？衣带一江而已！便都道，江神堪恃。借问孤山林处士，但掉头、笑指梅花蕊。天下事，可知矣。

首句言西湖小，实言南宋苟安在杭州，地小力微。下言渡江以后，并未奋发图强，却只知歌舞酣醉。回顾以前的洛阳是繁花似锦的世界，现在却成长满小米的荒凉地方了。更不管，新亭堕泪，意思是不管北方沦陷区的人民了。“新亭堕泪”，用了一个典故：新亭指建业（今南京）的劳劳亭，是东晋名士常欢宴的地方。一天欢宴时，一人悲叹晋王室衰微，座上人皆流了泪。这里借以比喻南宋小朝廷不关心沦陷区人民。下面紧接着斥责执政者只知划着游艇，同歌女齐声歌唱（簇乐）寻乐，还有谁去做收复国土的中流砥柱，洗刷亡国的千古恨呢？下片首句说自己有救国安邦的大志。下面又用了两个典故：磻（读pán）溪是姜尚隐居钓鱼的地方，在陕西宝鸡，周文王重用了他，对周王朝的兴起很有作用。傅岩，古地名，在山西平陆县，这地段的道路常被水冲坏，当时常用奴隶去筑墙阻止，傅说是其中的一人。殷的武丁发现了他，起用为相，出现了殷中兴的局面。这两句是说，现在还未发现姜尚和傅说这样的人，那么现在国事还靠谁呢？看来只有一衣带水的长江了！于是人人都说，江神是靠得住的，依靠他就万事大吉了！下句的林处士指林和靖，隐居在杭州孤山，以“梅妻鹤子”，不干世事知名，问问他吧，他只掉过头去，笑指梅花蕊罢了，也就是说，隐士也只知赏梅自善其身罢了。因而词人发出末句的慨叹。

周密 （1232—约 1298）

济南人，流寓吴兴（今属浙江）。号草窗，与吴文英并称“二窗”。南宋淳祐中为义乌令，宋亡不再任官职。他有《草窗词》等，并曾编选《绝妙好词》。

一萼红

登蓬莱阁有感

步深幽，正云黄天淡，雪意未全休。鉴曲寒沙，茂林烟草，俯仰千古悠悠。岁华晚，飘零渐远，谁念我，同载五湖舟！磴古松斜，崖阴苔老，一片清愁。　　回首天涯归梦，几魂飞西浦，泪洒东州。故国山川，故园心眼，还似王粲登楼。最怜他、秦鬟妆镜，好江山、何事此时游？为唤狂吟老监，共赋销忧。

蓬莱阁旧址在今浙江绍兴龙山下。

准备登蓬莱阁，先向幽静的深处走，可见离阁还有相当距离。这时天空是一片黄云，还有要下雪的样子。这样写天气，就为全词定下了凄伤情调。下两句是登阁看到的景物：鉴湖（即镜湖）一曲是贺知章归隐的地方；茂林指兰亭，王羲之写的《兰亭集序》中有“此地有……茂林修竹”句。寒沙、烟草都有景物凄凉的意味。俯仰，意如须臾，即在很短的时间内，悠悠千古即成过去，也就是《兰亭集序》中“俯仰之间已为陈迹”的意思。下面写自身经历：一年快完了，自己漂零在外，离乡越来越远，又不能像范蠡一样功成身退，在五湖（即太湖）荡舟，不知所终。怀着这样心情，又看到眼前景色：古老的石阶（磴）上松树歪歪斜斜；山崖阴湿处，苔藓苍老；所以就感到“一片清愁”了。下片开首回叙过去：那时离蓬莱阁所在地绍兴很远，飘流在外，却多次梦魂飞到西浦，并在东州流泪（西浦、东州均在绍兴）。“故国山川”三句的意思是：故国山川依旧，我一向把绍兴看成自己的故乡，而这次游览时的心情，却像王粲在《登楼赋》中所写的一样。王粲是东汉末年的一位诗人，他避难到荆州，写了《登楼赋》，其中有句：“虽信美而非吾土兮，曾何足以少留！”意思是：江山诚然很美丽，但已非我所有，就不足短时停留了。秦鬟，指秦望山，其形像妇女的发鬟；妆镜，指鉴湖，水面平如妇女梳妆用的镜子。它们依然是美好的河山，但可惜已为异族（元是蒙古族，与汉族不同）占领，为什么在这时候来游玩呢！言外有国破家亡的悲愤。狂吟老监，指唐诗人贺知章，因为他曾做过秘书监，自号“四明狂客”，晚年退隐鉴湖水曲，词人只好幻想唤起贺知章来，同自己一起吟咏消愁了。

在抗日战争期间，这首词同岳飞的《满江红》一样，激起许多人的爱国热情，并不是偶然的了。

刘辰翁（1232—1297）

庐陵（今江西吉安）人，太学生，景定三年（1262）进士。曾任濂溪书院山长。宋亡不仕。

柳梢青

春感

铁马蒙毡，银花洒泪，春入愁城。笛里番腔，街头戏鼓，不是歌声。　　那堪独坐青灯，想故国高台月明。辇下风光，山中岁月，海上心情。

这首词是元兵攻陷临安（愁城指沦陷的临安）的元宵节所写。这时作者已隐居山中，前三句所写非目睹，而是想象的情形：首句写元骑兵战马（铁马）骄横，马身上还蒙着毡防寒；银花指元宵节的灯和烟火，放出的不是花而是泪。耳朵听到的是笛子吹出的番（旧时对西方北方边境各族的通称）腔，大鼓发出的番调，均不悦耳——不是歌声。总之，在沦陷的地方，耳闻目睹的情况都令人悲愁。下片转写自己在山中对灯独坐，回想故国过去情况：故国高台明月，明月照耀下的故都及下有高台的宫殿。最后三句分写三处：辇下，皇帝辇载下面，意指京师，此写京师景物，是由悬想临安（今杭州南宋的都城）元宵而联想起来的；山中岁月，是联想到自己避难山中所度过的孤苦岁月；海上心情，联想到临安沦陷后，陆秀夫、张世杰等人在沿海地区，拥赵昰（读shì）为帝，继续抗元，作者心向往之，怀着一线复国希望。亡国之悲，故国之爱，个人的感受，三者就熔于一炉了。

永遇乐

余自乙亥上元诵李易安《永遇乐》，为之涕下。今三年矣，每闻此词，辄不自堪，遂依其声，又托之易安自喻，虽辞情不及，而悲苦过之。

璧月初晴，黛云远淡，春事谁主？禁苑娇寒，湖堤倦暖，前度遽如许。香尘暗陌，华灯明昼，长是懒携手去。谁知道、断烟禁夜，满城似愁风雨。　　宣和旧日，临安南渡，芳景犹自如故。缃帙流离，风鬟三五，能赋词最苦。江南无路，鄜州今夜，此苦又谁知否？空相对，残釭无寐，满村社鼓。

乙亥为宋恭宗德祐元年（1275），次年恭帝出降，宋亡。词为宋亡后的1278年所写。首两句写初晴，玉似的月圆，淡蓝色的云远，三句感慨：这样美好的春景，“谁主浮沉”？因此引起对临安未陷前春节情景的回忆：以前这时节总是微寒笼罩着玉宫园苑，西湖堤上温暖使人感到疲倦。晚间灯火辉煌，如同白天，看灯妇女的车子扬起香尘，使道路都看不清了。下面一转，写元军侵占后，哪知道元军不仅禁止烟火，夜间也不准通行，闹得满城愁风苦雨。下片“宣和旧日”到“能赋词最苦”，是拿李易安比喻自己。下片前三句，写旧时宣和年间，金人攻陷汴京，掳走徽钦二帝，宋室南渡迁都临安（今杭州），自然景物虽未大变，人事却不一样了。亡国之灾，两人是相同的。李易安在南逃时，家藏书卷古器全部散失，蓬头垢面，丈夫又死了，个人生活因家破人亡而悲苦不堪。她是大词人，在词中最能抒写国破家亡、个人生活不幸的灾难，所以刘辰翁说他每诵《永遇乐》，总“为之涕下”。两个词人的遭遇，在这一点上也是相同的。“江南无路”三句是联想到杜甫，他在安禄山陷长安时困在那里，家室却在鄜州，他写了《月夜》：“今夜鄜州月，闺中只独看。遥怜小儿女，未解忆长安。香雾云鬟湿，清辉玉臂寒。何时倚虚幌，双照泪痕干？”刘辰翁在江南大片土地被元军侵占后，流浪了三年，无家可归，因此与杜甫有同样遭遇，引以自喻，也很自然。可是这种苦处，有谁知道呢？结果只有空对残灯，睡不着觉了。这时听到满村敲鼓的声音，更增加自己孤独凄苦之感了。

文天祥 （1236—1283）

吉州庐陵（在今江西吉安）人。理宗宝祐四年（1256）状元。恭帝德祐元年（1275），元兵进扰，文天祥在家乡起兵抗元，次年除右丞相兼枢密使，赴敌营议和被拘，逃脱了。之后在赣闽等地与元兵战，兵败被俘，不屈就义于大都（今北京）。

酹江月

驿中言别友人

水天空阔，恨东风，不借世间英物。蜀鸟吴花残照里，忍见荒城颓壁。铜雀春情，金人秋泪，此恨凭谁雪？堂堂剑气，斗牛空认奇杰。　　那信江海余生，南行万里，属扁舟齐发。正为鸥盟留醉眼，细看涛生云灭。睨柱吞嬴，回旗走懿，千古冲冠发。伴人无寐，秦淮应是孤月。

这首词用的典故太多，本来不想选给你们读，可是典故都是故事性质，你们有些是知道的，就当故事听听吧。词的本身是值得一读的，因为表现了民族的浩然正气。

驿，指金陵驿馆，文被囚之地。友人指邓剡，当时因病滞留金陵。话别大概是邓去看望文。

首三句用的是三国赤壁之战的故事。魏的曹操同联盟的吴孙权、蜀刘备交战，有东风之便，吴蜀火烧了曹军的兵船而大胜，定下了三国鼎立的局面。而这次宋元也在长江水天空阔处打仗，可惜无东风帮助宋方英雄豪杰，因而宋败了。蜀鸟是杜鹃，传说是蜀国的皇帝所化，故称蜀鸟；金陵是吴的旧都，故称那里的花为吴花；杜鹃声悲，花在夕阳残照中也显得黯然失色，由它们做背景，使人不忍看被元兵破坏后金陵的荒城颓壁。铜雀春情，又回到赤壁之战了。杜牧有两句写赤壁之战的诗："东风不与周郎便，铜雀春深锁二乔。"——这就是说，如东风不帮周瑜的忙，曹操会把周瑜的妻子小乔、孙策的妻子大乔掳去，锁在自己为着享乐而建的铜雀台里了。这是悲叹元将宋的嫔妃掳走。金人秋泪说的是另一段故事。汉武帝铸一个金铜仙人，掌上捧个盘子接露水，据说喝了可以长生，魏篡夺政权后，魏明帝去劫运金铜仙人，拆盘以后，要载运仙人时，仙人流了泪。这个故事比喻南宋文物被元劫走。嫔妃被掳，文物被劫，谁去雪这个耻呢？自己有抗元复仇之志，不言自明。下面两句又涉及一段故事。《晋书·张华传》里记："斗牛之间常有紫气。张华邀雷焕仰视。焕曰：宝剑之精，上彻于天耳。"斗牛，指北斗七星和牵牛织女二星，它们中间有一股紫气。张华邀雷焕仰面观看。焕说：这股紫气是宝剑的精，向上射到天上了。后来在丰城一带果然发现了一对宝剑。文天祥是庐陵人，自以为可以沾到宝剑之精的光，成为杰出抗元英雄，但却落了个空。这是谦虚自责，没有完成抗元救国的大业。下片写第一次被俘逃出后，幸保余生，到万里之外的闽粤地带，还能率兵抗元；二次被俘，押在金陵，不相信再有逃出抗元的可能，只有准备一死了。这就为好友（鸥盟，黄庭坚《登快阁》诗中有一句："此心我与白鸥盟"，与鸥结盟，就有与人结为好友的意思了。）留下了遗言：细心观察时事的变化（涛生云灭）。睨柱吞嬴，用的是蔺相如完璧归赵的故事：秦王说愿意以七城换赵王的和氏璧，蔺相如送璧去时，发现秦王无信，怒欲与璧共存亡，做出要以璧击柱的架势，后设计怀璧归赵，挫败了秦王（吞嬴，嬴是秦王的姓）。回旗走懿，指诸葛亮死时留下遗言，教姜维设计把来追的司马懿吓退。下句言自己抗元之志至死不变，死后还寄希望于后生。末两句写与友人别后，自己当更感孤寂，不能成眠，做伴的只有秦淮河上的孤月了。

蒋捷 （生卒年代不详）

阳羡（今属江苏宜兴）人。咸淳十年（1274）进士。宋亡不仕，隐居竹山，有《竹山词》一卷，人称竹山先生。

霜天晓角

人影窗纱，是谁来折花？折则从他折去，知折去，向谁家？　　檐牙枝最佳，折时高折些。说与折花人道：“须插向，鬓边斜。”

首二句写见到纱窗上有人影，自问是什么人来折花呀。下言随他折吧，但不知道折了送到谁家。下片进一步为折花人设想，愿他折屋檐瓦下最佳的花枝。（属檐下滴水的瓦像牙，因称檐牙）下句更向折花人表示体贴，告诉他，花枝要斜插在女子的鬓旁。全词写得极有风趣。

一剪梅

舟过吴江

一片春愁待酒浇。江上舟摇，楼上帘招。秋娘渡与泰娘桥。风又飘飘，雨又萧萧。　　何日归家洗客袍？银字笙调，心字香烧。流光容易把人抛。红了樱桃，绿了芭蕉。

吴江是长江下游流过江苏的一段。春天以酒消愁，在江上坐船，看见江岸酒家的酒幌招展。秋娘渡和泰娘桥是船所经过的地方。这时正刮着风，下着雨。下片写乡愁，什么时候才能回到家里，洗洗在外面漂流穿的衣服呢？下面两句想象能在家里调银字笙（乐器名），烧心字香（一种用薄沉香木片裹起半开茉莉绕成心字的香）。末三句叹时光消逝得太快。樱桃刚红，芭蕉又绿了，形象地写时光飞逝。

如梦令

村景

夜月溪篁鸾影，晓露岩花鹤顶。半世踏红尘，到底输他村景。村景，村景，樵斧、耕蓑、渔艇。

前三句写乡村景物：夜月、晓露；溪边的竹，岩上的花；鸾影和鹤顶。它们组成美丽的画图，引人入胜。下两句说在人间世上生活了半生，觉得尘世不如乡村好。末句写乡村常见的事物，也就是写乡村劳动生活健康而富有生趣了。

张炎　（1248—？）

原为成纪（今甘肃天水）人，后住在临安。宋亡，过流落生活，曾在四明（今宁波）设卜市。对词学有研究。著有《词源》《山中白云词》（又名《玉田词》）。

高阳台

西湖春感

接叶巢莺，平波卷絮，断桥斜日归船。能几番游？看花又是明年。东风且伴蔷薇住，到蔷薇、春已堪怜。更凄然，万绿西泠，一抹荒烟。　　当年燕子知何处？但苔深韦曲，草暗斜川。见说新愁，如今也到鸥边。无心再续笙歌梦，掩重门、浅醉闲眠。莫开帘，怕见飞花，怕听啼鹃。

这首词是作者北游燕蓟，南归游西湖之后所写。词写晓春景象，借景抒写亡国悲痛，因为这时宋已亡于元了。首句写树叶繁茂，叶叶相接，把莺巢都遮掩住了。二句写西湖波静水平，把落下的柳絮卷走了。断桥是靠近孤山的西湖的一个景点，这里有落日照着回家的船。写景极佳。下面写春暮：明年再看花，自然百花已经凋谢了。东风虽还陪着蔷薇，但蔷薇开花已在春末夏初，春已经很可怜了。更凄然的是：原来万花似锦，绿叶招展的西泠（读líng）桥，现在只有一片荒烟了。这自然是对元兵践踏之后，西湖到处荒凉的概括。下片首句是用刘禹锡两句诗的意思："旧时王谢堂前燕，飞入寻常百姓家"，叹旧时贵族人家的衰落。韦曲，在唐朝是韦后家所在地，在长安城南明德门外。杜甫《奉陪郑驸马韦曲二首》有两句："韦曲花无赖，家家恼杀人"，说明那里花很多。斜川在江西星子县，是文人游会处，陶渊明曾有《游斜川》诗。这里用典是指西湖，并不实指那两个地方。但联想起一处青苔已深，一处枯草很厚，都荒凉之至了。是进一步写西湖被元兵糟蹋的惨状。见说，听别人说，原来无忧无虑的海鸥，现在也发起愁来了，是亡国之悲更进一步深化。因此说自己无心以笙歌取乐，只有闭起重门，微醉闲眠以自遣了。末三句更进一步，不打开帘子，因为既怕看到飞花，也怕听到杜鹃鸣叫。

四字令

莺吟翠屏，帘吹絮云。东风也怕花瞋，带飞花赶春。　　邻娃笑迎，嬉游趁晴。明朝何处相寻？那人家柳阴。

首两句写室内室外：室内有画屏，室外有莺鸣；门上有帘，如云的柳絮飞扑到帘上。东风怕花生气，吹着花去追赶春天，大概是想把春挽留住，自有惜春之意。下片写邻娃见此情景，趁着天晴春在，好好玩一下。明天到什么地方寻找飞花呢？怕已经被吹到别人家杨柳树荫下了。有珍惜现时，享乐人生的意思。

无名氏

诉衷情

碧天明月晃金波，清浅滞星河。深深院宇人静，独自问姮娥。　　圆夜少，缺时多，事因何，嫦娥莫是、也有别离，一似人么？

首句写明月闪耀着金色光辉，二句写天河的水显得清浅。深宅夜阑人静，自己向月里嫦娥提出问题。下片即是所提的问题：为什么月圆时少，月缺时多？难道嫦娥也像人一样，有别离之恨吗？词委婉地表达了自己的离愁别恨。

无名氏

御街行

霜风渐紧寒侵被，听孤雁，声嘹唳。一声声送一声悲，云淡碧天如水。披衣告语：雁儿略住，听我些儿事。　塔儿南畔城儿里，第三个桥儿外，濒河西岸小红楼，门外梧桐雕砌。请教且与、低声飞过，那里有、人人无寐。

这首词是客居远方、怀念家人的人所写，以详细口语托雁捎话，构思很新奇，感情亦很真挚朴实。嘹唳，雁鸣声，清而响亮，因是孤雁，所以声悲。这时天清云淡，所以披衣起来，请雁略停，听他要嘱托的事。下片细写所怀念的人住处及环境，雕砌是刻花的台阶。末两句的大意是：我所怀念的人还未入睡，请你低声飞过，姑且对她如此这般说几句吧。

无名氏

青玉案

年年社日停针线，怎忍见，双飞燕！今日江城春已半，一身犹在，乱山深处，寂寞溪桥畔。　　春衫著破谁针线？点点行行泪痕满。落日解鞍芳草岸。花无人戴，酒无人劝，醉也无人管。

社日，有春社、秋社，是祭土地神的日子，民间习俗，这一天停止编织、针线活。有人评这首词“语淡而情浓，事浅而言深”。

结束语

正辉、正虹、正霞：

你们在中学读过几首词，对词不是完全陌生的，这里，我再简略给你们讲点有关的常识。

词的起源可以追溯到隋代，首先是以民歌形式出现的，如《柳枝》；也往往与劳动有联系，如《水调》，就是开凿运河的产物。到了唐代，歌词虽然仍为五言七言，同绝句没有什么不同，但为了歌唱，要加上“泛声”“衬字”，有声而无意义。例如皇甫松的《采莲子》：

菡萏香连十顷陂。（举棹）
小姑贪戏采莲迟。（年少）
晚来弄水船头湿。（举棹）
更脱红裙裹鸭儿。（年少）

“举棹”和“年少”就是“泛声”，为歌唱而加上的，并无文意。

另一种办法，就是兼顾到文意，适当增字或减字。

但是这两种办法，都不能满足以歌唱为主的需要，诗体必须变革。这种创新的任务，也是由许多无名作者完成的。1900年，在敦煌发现了1160多首曲子词，只有几首有温庭筠、欧阳炯的名字。曲子词就是有歌唱曲调的歌词，是这种诗体的原名，以后只简称为词了。词因为句子字数多少不同，又被称为长短句。还有其他名称，就不必多说了。

《诗经》里的诗和以后的乐府诗，也是可以歌唱的。在《唐人绝句启蒙》中，我为你们讲了一个故事：王昌龄、高适和王之涣三位诗人听四个歌伎唱入乐的绝句，三人相约，谁的绝句被唱最多，谁是胜利者。唱的第一首是王昌龄的，第二首是高适的，第三首又是王昌龄的。王之涣有点着急了，便请一位最美的歌伎唱，她唱的却是王之涣的《凉州词》（“黄河远上白云间，一片孤城万仞山。羌笛何须怨杨柳，春风不度玉门关。”），三人鼓掌大笑。歌伎得知他们是绝句的作者，就邀请他们参加了她们的宴会。可见绝句也是可以歌唱的，可惜我们现在不知道怎样唱了。

但是诗是照诗谱曲，词却是按照已有的曲调填写文字，所以称为填词。不过，后来的文人也没有完全照曲调填写。

词的曲调是很多的，都有固定的格式，我们只选讲几种作为例子。初期的字数少，称为小令；以后字数增多，称为慢词。虽然后者在唐五代时已经出现，但初期宋词人采用者少，到柳永才使慢词得到发展。宋代词人也有所谓“自度曲”，就是自己创制新调，但只系个别人，就不举例了。

以下三种曲调是小令。下面是晏殊写的《浣溪沙》：

一曲新词酒一杯，去年天气旧亭台，夕阳西下几时回？
无可奈何花落去，似曾相识燕归来，小园香径独徘徊。

这首词的句式是：

◒●◒○◒●○韵◒○◒●●○○韵◒○◒●●○○韵
◒●◒○○●●句◒○◒●●○○韵◒○◒●●○○韵
（◒表示平、仄均可；●表示仄；○表示平。）

下面是欧阳修的《浪淘沙令》：

把酒祝东风，且共从容。垂杨紫陌洛城东，总是当时携手处，游遍芳丛。　　聚散苦匆匆，此恨无穷。今年花胜去年红。可惜明年花更好，知与谁同？

这首词的句式是：

◒●●○○韵◒●○○韵◒○◒●●○○韵◒●◒○○●●句◒●○○韵　　◒●●○○韵◒●○○韵◒○◒●●○○韵◒●◒○○●●句◒●○○韵

我们下面举柳永的《雨霖铃》，作慢词一例：

寒蝉凄切，对长亭晚，骤雨初歇。都门帐饮无绪，方留恋处，兰舟催发。执手相看泪眼，竟无语凝噎。念去去、千里烟波，暮霭沉沉楚天阔。　　多情自古伤离别，更那堪，冷落清秋节！今宵酒醒何处？杨柳岸，晓风残月。此去经年，应是良辰、好景虚设。便纵有，千种风情，更与何人说？

这首词的句式是：

○○◒●韵●○○●句●●○●韵○○◒◒◒●句○○●●句○○○●韵●●○○◒●句●○◒○●韵●●◒逗○●○○句●●○○●○●韵　　◒○●●○○●韵●○○逗●●○○●韵◒○●◒◒●

句◒●●逗●○○●韵●●○○句○●○○句●◒○●韵●●●逗◒●○○句●●○○●韵

下面是柳永的《浪淘沙慢》：

梦觉、透窗风一线，寒灯吹熄。那堪酒醒，又闻空阶、夜雨频滴。嗟因循，久作天涯客。负佳人、几许盟言，更忍把、从前欢会，陡顿翻成忧戚。　恶极，再三追思，洞房深处，几度饮散歌阑，香暖鸳鸯被，岂暂时疏散，费伊心力。殢雨尤云，有万般千种相怜惜。到如今，天长漏永，无端自家疏隔。知何时，却拥秦云态？愿低帏昵枕，轻轻细说与，江乡夜夜，数寒更思忆。

这首词的句式是：

●●逗●○○●●句○○○●韵○○○●句●○○○句●●○●韵○○○●●○○●韵●○○逗●●○○句●●●逗○○○●句●●○○○●韵　○●韵●○○○句●○○●句●●●●○○句○●○○●句●●○○●句●○○●韵●●○○句●●○○●○○●韵●○○逗○○●●句○○●○○●韵○○逗●●○○●句●○○●●句○○●●●句○○●●句●○○●韵

词的小令（如浪淘沙）后加一“慢”字，即变为慢调了。这种形式可以类推。

我们平常时时看到“宋词”二字，其实唐五代已是蓓蕾初放时期。例如张志和（约732—774）的《渔歌子》（“西塞山前白鹭飞，桃花流水鳜鱼肥。青箬笠，绿蓑衣，斜风细雨不须归。”）就是按曲调填的词，不仅在当时和的人很多，并很快流传到日本，一位天皇还和了5首。

之后刘禹锡、白居易都从民歌学习，刘写了一组《竹枝词》，白写过《忆江南》，刘唱和一首，明言依《忆江南》曲拍为句，这就使词从民间正式登上文坛了。简单地说，词在唐代已经逐渐取得了相当的地位，产生了不少有名的作者，我为你们选讲了一些篇。五代南唐后主李煜，虽是亡国之君，却是词林的著名大家。

宋词一般分为“北宋”和“南宋”两个时期，是以宋王朝政治变化划分的。以词人的流派和风格细分为更多时代，自然也可以，不过我们只划为两个时代，略加说明。

960年宋朝开国，1127年，发生了靖康事变，也就是女真族金人攻破了汴京，把徽、钦二帝掳走，史称北宋。1127年，赵构同金人对峙，公元1279年为蒙古族的元所灭，史称南宋。

北宋到仁宗朝（1022—1063），经济繁荣，国泰民康，词才蓬勃发展起来，出了晏殊父子、欧阳修、柳永、苏轼等大作家。

靖康事变使北宋灭亡，词坛也因而大大改观，内容和风格都起了很大的变化。出现了李清照、辛弃疾、陆游等大作家。

可是北宋末年曾出现过醉生梦死的颓废作品；南宋末年也有粉饰太平，流连歌舞的“百年歌舞，百年酣醉”的词风。但这些毕竟只是大浪中的涟漪，无阻于江河的奔流。

词是有生命力的诗体之一，直到现在还有不少人写作。毛泽东主席的词，不是还为广大的中国人民所乐读传诵吗？这是我国优秀文化传统的组成部分，所以我们选讲一些首，希望你们能吸收精华，提高自己的精神境界。但切忌发生骸骨留恋的念头。要不然，你们就走上倒退的道路了。

最后让我引岳飞词中的警句，作为对你们的赠言：

莫等闲白了少年头，空悲切！

1991年6月28日

国家新闻出版广电总局
首届向全国推荐中华优秀传统文化普及图书

大家小书书目

国学救亡讲演录	章太炎 著 蒙 木 编
门外文谈	鲁 迅 著
经典常谈	朱自清 著
语言与文化	罗常培 著
习坎庸言校正	罗 庸 著 杜志勇 校注
鸭池十讲（增订本）	罗 庸 著 杜志勇 编订
古代汉语常识	王 力 著
国学概论新编	谭正璧 编著
文言尺牍入门	谭正璧 著
日用交谊尺牍	谭正璧 著
敦煌学概论	姜亮夫 著
训诂简论	陆宗达 著
金石丛话	施蛰存 著
常识	周有光 著 叶 芳 编
文言津逮	张中行 著
经学常谈	屈守元 著
国学讲演录	程应镠 著
英语学习	李赋宁 著
中国字典史略	刘叶秋 著
语文修养	刘叶秋 著
笔祸史谈丛	黄 裳 著
古典目录学浅说	来新夏 著
闲谈写对联	白化文 著
汉字知识	郭锡良 著
怎样使用标点符号（增订本）	苏培成 著
汉字构型学讲座	王 宁 著

诗境浅说	俞陛云　著
唐五代词境浅说	俞陛云　著
北宋词境浅说	俞陛云　著
南宋词境浅说	俞陛云　著
人间词话新注	王国维　著　滕咸惠　校注
苏辛词说	顾　随　著　陈　均　校
诗论	朱光潜　著
唐五代两宋词史稿	郑振铎　著
唐诗杂论	闻一多　著
诗词格律概要	王　力　著
唐宋词欣赏	夏承焘　著
槐屋古诗说	俞平伯　著
词学十讲	龙榆生　著
词曲概论	龙榆生　著
唐宋词格律	龙榆生　著
楚辞讲录	姜亮夫　著
读词偶记	詹安泰　著
中国古典诗歌讲稿	浦江清　著 浦汉明　彭书麟　整理
唐人绝句启蒙	李霁野　著
唐宋词启蒙	李霁野　著
唐诗研究	胡云翼　著
风诗心赏	萧涤非　著　萧光乾　萧海川　编
人民诗人杜甫	萧涤非　著　萧光乾　萧海川　编
唐宋词概说	吴世昌　著
宋词赏析	沈祖棻　著
唐人七绝诗浅释	沈祖棻　著
道教徒的诗人李白及其痛苦	李长之　著
英美现代诗谈	王佐良　著　董伯韬　编
闲坐说诗经	金性尧　著
陶渊明批评	萧望卿　著

古典诗文述略	吴小如　著
诗的魅力 ——郑敏谈外国诗歌	郑　敏　著
新诗与传统	郑　敏　著
一诗一世界	邵燕祥　著
舒芜说诗	舒　芜　著
名篇词例选说	叶嘉莹　著
汉魏六朝诗简说	王运熙　著　董伯韬　编
唐诗纵横谈	周勋初　著
楚辞讲座	汤炳正　著 汤序波　汤文瑞　整理
好诗不厌百回读	袁行霈　著
山水有清音 ——古代山水田园诗鉴要	葛晓音　著
红楼梦考证	胡　适　著
《水浒传》考证	胡　适　著
《水浒传》与中国社会	萨孟武　著
《西游记》与中国古代政治	萨孟武　著
《红楼梦》与中国旧家庭	萨孟武　著
《金瓶梅》人物	孟　超　著　张光宇　绘
水泊梁山英雄谱	孟　超　著　张光宇　绘
水浒五论	聂绀弩　著
《三国演义》试论	董每戡　著
《红楼梦》的艺术生命	吴组缃　著　刘勇强　编
《红楼梦》探源	吴世昌　著
《西游记》漫话	林　庚　著
史诗《红楼梦》	何其芳　著 王叔晖　图　蒙　木　编
细说红楼	周绍良　著
红楼小讲	周汝昌　著　周伦玲　整理

曹雪芹的故事	周汝昌　著　周伦玲　整理
古典小说漫稿	吴小如　著
三生石上旧精魂 ——中国古代小说与宗教	白化文　著
《金瓶梅》十二讲	宁宗一　著
中国古典小说十五讲	宁宗一　著
古体小说论要	程毅中　著
近体小说论要	程毅中　著
《聊斋志异》面面观	马振方　著
《儒林外史》简说	何满子　著
我的杂学	周作人　著　张丽华　编
写作常谈	叶圣陶　著
中国骈文概论	瞿兑之　著
谈修养	朱光潜　著
给青年的十二封信	朱光潜　著
论雅俗共赏	朱自清　著
文学概论讲义	老　舍　著
中国文学史导论	罗　庸　著　杜志勇　辑校
给少男少女	李霁野　著
古典文学略述	王季思　著　王兆凯　编
古典戏曲略说	王季思　著　王兆凯　编
鲁迅批判	李长之　著
唐代进士行卷与文学	程千帆　著
说八股	启　功　张中行　金克木　著
译余偶拾	杨宪益　著
文学漫识	杨宪益　著
三国谈心录	金性尧　著
夜阑话韩柳	金性尧　著
漫谈西方文学	李赋宁　著
历代笔记概述	刘叶秋　著

周作人概观	舒　芜　著
古代文学入门	王运熙　著　董伯韬　编
有琴一张	资中筠　著
中国文化与世界文化	乐黛云　著
新文学小讲	严家炎　著
回归，还是出发	高尔泰　著
文学的阅读	洪子诚　著
中国文学1949—1989	洪子诚　著
鲁迅作品细读	钱理群　著
中国戏曲	么书仪　著
元曲十题	么书仪　著
唐宋八大家 ——古代散文的典范	葛晓音　选译
辛亥革命亲历记	吴玉章　著
中国历史讲话	熊十力　著
中国史学入门	顾颉刚　著　何启君　整理
秦汉的方士与儒生	顾颉刚　著
三国史话	吕思勉　著
史学要论	李大钊　著
中国近代史	蒋廷黻　著
民族与古代中国史	傅斯年　著
五谷史话	万国鼎　著　徐定懿　编
民族文话	郑振铎　著
史料与史学	翦伯赞　著
秦汉史九讲	翦伯赞　著
唐代社会概略	黄现璠　著
清史简述	郑天挺　著
两汉社会生活概述	谢国桢　著
中国文化与中国的兵	雷海宗　著
元史讲座	韩儒林　著

魏晋南北朝史稿	贺昌群　著
汉唐精神	贺昌群　著
海上丝路与文化交流	常任侠　著
中国史纲	张荫麟　著
两宋史纲	张荫麟　著
北宋政治改革家王安石	邓广铭　著
从紫禁城到故宫 ——营建、艺术、史事	单士元　著
春秋史	童书业　著
明史简述	吴　晗　著
朱元璋传	吴　晗　著
明朝开国史	吴　晗　著
旧史新谈	吴　晗　著　习　之　编
史学遗产六讲	白寿彝　著
先秦思想讲话	杨向奎　著
司马迁之人格与风格	李长之　著
历史人物	郭沫若　著
屈原研究（增订本）	郭沫若　著
考古寻根记	苏秉琦　著
舆地勾稽六十年	谭其骧　著
魏晋南北朝隋唐史	唐长孺　著
秦汉史略	何兹全　著
魏晋南北朝史略	何兹全　著
司马迁	季镇淮　著
唐王朝的崛起与兴盛	汪　篯　著
南北朝史话	程应镠　著
二千年间	胡　绳　著
论三国人物	方诗铭　著
辽代史话	陈　述　著
考古发现与中西文化交流	宿　白　著
清史三百年	戴　逸　著

清史寻踪	戴　逸　著
走出中国近代史	章开沅　著
中国古代政治文明讲略	张传玺　著
艺术、神话与祭祀	张光直　著 刘　静　乌鲁木加甫　译
中国古代衣食住行	许嘉璐　著
辽夏金元小史	邱树森　著
中国古代史学十讲	瞿林东　著
历代官制概述	瞿宣颖　著
宾虹论画	黄宾虹　著
中国绘画史	陈师曾　著
和青年朋友谈书法	沈尹默　著
中国画法研究	吕凤子　著
桥梁史话	茅以升　著
中国戏剧史讲座	周贻白　著
中国戏剧简史	董每戡　著
西洋戏剧简史	董每戡　著
俞平伯说昆曲	俞平伯　著　陈　均　编
新建筑与流派	童　寯　著
论园	童　寯　著
拙匠随笔	梁思成　著　林　洙　编
中国建筑艺术	梁思成　著　林　洙　编
沈从文讲文物	沈从文　著　王　风　编
中国画的艺术	徐悲鸿　著　马小起　编
中国绘画史纲	傅抱石　著
龙坡谈艺	台静农　著
中国舞蹈史话	常任侠　著
中国美术史谈	常任侠　著
说书与戏曲	金受申　著
世界美术名作二十讲	傅　雷　著

中国画论体系及其批评	李长之　著
金石书画漫谈	启　功　著　赵仁珪　编
吞山怀谷 ——中国山水园林艺术	汪菊渊　著
故宫探微	朱家溍　著
中国古代音乐与舞蹈	阴法鲁　著　刘玉才　编
梓翁说园	陈从周　著
旧戏新谈	黄　裳　著
民间年画十讲	王树村　著　姜彦文　编
民间美术与民俗	王树村　著　姜彦文　编
长城史话	罗哲文　著
天工人巧 ——中国古园林六讲	罗哲文　著
现代建筑奠基人	罗小未　著
世界桥梁趣谈	唐寰澄　著
如何欣赏一座桥	唐寰澄　著
桥梁的故事	唐寰澄　著
园林的意境	周维权　著
万方安和 ——皇家园林的故事	周维权　著
乡土漫谈	陈志华　著
现代建筑的故事	吴焕加　著
中国古代建筑概说	傅熹年　著
简易哲学纲要	蔡元培　著
大学教育	蔡元培　著 北大元培学院　编
老子、孔子、墨子及其学派	梁启超　著
春秋战国思想史话	嵇文甫　著
晚明思想史论	嵇文甫　著
新人生论	冯友兰　著

中国哲学与未来世界哲学　冯友兰　著
谈美　朱光潜　著
谈美书简　朱光潜　著
中国古代心理学思想　潘　菽　著
新人生观　罗家伦　著
佛教基本知识　周叔迦　著
儒学述要　罗　庸　著　杜志勇　辑校
老子其人其书及其学派　詹剑峰　著
周易简要　李镜池　著　李铭建　编
希腊漫话　罗念生　著
佛教常识答问　赵朴初　著
维也纳学派哲学　洪　谦　著
大一统与儒家思想　杨向奎　著
孔子的故事　李长之　著
西洋哲学史　李长之　著
哲学讲话　艾思奇　著
中国文化六讲　何兹全　著
墨子与墨家　任继愈　著
中华慧命续千年　萧萐父　著
儒学十讲　汤一介　著
汉化佛教与佛寺　白化文　著
传统文化六讲　金开诚　著　金舒年　徐令缘　编
美是自由的象征　高尔泰　著
艺术的觉醒　高尔泰　著
中华文化片论　冯天瑜　著
儒者的智慧　郭齐勇　著

中国政治思想史　吕思勉　著
市政制度　张慰慈　著
政治学大纲　张慰慈　著
民俗与迷信　江绍原　著　陈泳超　整理

政治的学问	钱端升　著　钱元强　编
从古典经济学派到马克思	陈岱孙　著
乡土中国	费孝通　著
社会调查自白	费孝通　著
怎样做好律师	张思之　著　孙国栋　编
中西之交	陈乐民　著
律师与法治	江　平　著　孙国栋　编
中华法文化史镜鉴	张晋藩　著
新闻艺术（增订本）	徐铸成　著
经济学常识	吴敬琏　著　马国川　编
中国化学史稿	张子高　编著
中国机械工程发明史	刘仙洲　著
天道与人文	竺可桢　著　施爱东　编
中国医学史略	范行准　著
优选法与统筹法平话	华罗庚　著
数学知识竞赛五讲	华罗庚　著
中国历史上的科学发明（插图本）	钱伟长　著

出版说明

“大家小书”多是一代大家的经典著作，在还属于手抄的著述年代里，每个字都是经过作者精琢细磨之后所拣选的。为尊重作者写作习惯和遣词风格、尊重语言文字自身发展流变的规律，为读者提供一个可靠的版本，“大家小书”对于已经经典化的作品不进行现代汉语的规范化处理。

提请读者特别注意。

北京出版社